가면을 세우고
구름에 쓴 편지

이 도서의 국립중앙도서관 출판예정도서목록(CIP)은 서지정보유통지원시스템 홈페이지
(http://seoji.nl.go.kr)와 국가자료종합목록시스템(http://www.nl.go.kr/kolisnet)에서 이용하실 수
있습니다.
(CIP제어번호 : CIP2020016591)

가던길 세우고 구름에 쓴 편지

조춘성 수필집

지구문학

나는 과학자다.

전문의다.

문학은 영역 밖이다.

허나 문학도 의학과 가까운 영역의 학문이라 생각한다.

의학은 인체 원상회복의 학문이라고 한다면 문학은 정신건강 예방 학문이라 해도 억지는 아니라고 생각한다.

물론 학계의 정의는 아니지만, 허나 공감하는 작품을 만났을 때 정서적 순화는 한여름 수목 속의 폭포수 이상이다.

저자의 글은 어머니의 손처럼 따스하고, 쓰다듬고 닦어준다.

인간에 대한 애정이 두텁다.

〈이슬〉, 〈잡초예찬〉과 같은 자연의 관찰도 심오하고 경이롭다.

심리 저변에 허무도 깔려 있다.

자라온 환경과 현실의 탓이리라.

저자의 제1시집 추천사에서 작가 임옥인 선생님도 말했듯이 죽도록 일하며 죽도록 고뇌하는 나그네, 그 나그네가 《가던 길 세우고 구름에 쓴 편지》라는 수필집을 낸다.

결코 '구름에 쓴 편지'가 되지 않기 위해서 독자임을 자처하며 옆의 친구에게도 권하는 바이다.

김 은 영
내과 전문의, 대한내과학회 정회원, 대한신장학회 정회원

이슬

시계가 라디오만큼이나 귀하던 시절, 나에게는 "일어나거라!" 하시는 주인 할아버지의 호령이 시계였다.

나는 이럴 때마다 억지로 일어나 눈을 비비며 호미, 낫, 괭이 등이 있는 대문간으로 향하며, "할아버지는 언제 주무셨기에 벌써 일어나셨을까? 아니면 이때까지 자리를 짜고 계셨다는 말인가?" 하는 생각을 했다.

나는 매일 밤늦도록 자리를 짜시는 할아버지 곁에서 왕골 섬(왕골 쪽 뒤에 대는 볏짚)을 집어 드리다 몇 번이고 자리를 모서리에 머리를 처박고 나서야 잠을 자라는 허락을 받곤 했다. 물론 장죽으로 군밤 몇 개를 얻어맞고 나서였다.

"좀 더 자지 그랬니?"

대문간에서 더듬거리며 호미를 찾는 나에게 사랑채 부엌에서 여물을 끓이던 주인 할머니가 늘 같은 말씀을 하셨고 "많이 잤어요" 나 또한 같은 대답을 하며 호미를 찾아들고 텃밭 끝에 있는 보리밭으로 나가곤 했다.

밭머리에 이른 나는 밭고랑에 들어서기를 얼마나 망설이고 진저리를 쳤는지 모른다.

목과 얼굴을 찔러대는 보리 깔치와 금방 팔과 가슴과 무릎을 적시는 이슬 때문이었다.

저녁 잠자리에 들 때도 그랬지만, 나는 이럴 때마다 금방 다녀오신다던 어머니가 몹시도 그리웠다. 그리고 언제 잠을 실컷 자 보나 하는 생각을 하곤 했다. 하지만 그런 날은 오지 않았고, 김을 한참 매다 보면, 온몸이 비에 젖은 듯 이슬에 흠뻑 젖곤 했다.

이때가 되면 또 할머니가 아침을 먹으라고 소리를 쳤다.

제일 기다렸고 반가운 순간이었다. 배도 고프지만 추위를 잠시라도 면할 수 있기 때문이다.

그러나, 꿀 같은 아침을 먹고 나면, 이번에는 옷이 다 마르기도 전에 주인아저씨를 따라 뻐꾹새가 슬피 우는 산으로 갈을 꺾으러 가야 했다.

뻐꾹새의 울음소리가 슬프다는 생각은 배곯아 죽은 며느리의 혼魂이 새가 되었다는 할머니의 이야기를 들었기 때문이다.

갈은 요즘 비료 대신으로 썼던 떡갈나무 햇순으로 그 시절 논 거름

목과 얼굴을 찔러대는 보리 깔치와
금방 팔과 가슴과 무릎을 적시는 이슬 때문이었다.
저녁 잠자리에 들 때도 그랬지만,
나는 이럴 때마다 금방 다녀오신다던 어머니가 몹시도 그리웠다.
그리고 언제 잠을 실컷 자 보나 하는 생각을 하곤 했다.

을 얻는 유일한 방법이었다.

산은 꽤 멀었다. 하다 보니, 이슬이 어느 정도 마르기는 했지만, 갈을 꺾다 보면 얼마 가지 않아서 손은 물론 소매와 정강이가 다시 젖곤 했다.

새벽 김매기와 갈 꺾기가 고아원 시절보다 싫었던 것은 배가 고프고 잠이 부족해서라기보다 차가운 이슬 때문이었다.

또 가을 배추밭 이슬은 어떤가! 싫은 정도가 아니라 눈물이 날 지경으로 손이 시리다. 몸서리가 절로 쳐진다.

배추 폭을 쓸어줄 만큼 손이 크지 않은 데다 요령마저 없으니 팔과 가슴으로 배추 폭을 끌어안아야 하고, 그러다 보니 얼굴은 저절로 쓰리고 아리다.

나보다 한 살과 두 살 위인 주인집 아들들은 한 번도 나처럼 일찍 일어난 일도 없지만 배추를 묶어준 일도 없다.

이런 것들이 부럽기도 했지만, 슬픔도 외로움도 느낄 새 없었던 시절을 지금 와서 생각하니, 한없이 가엾기만 하다.

그때가 6.25 사변 직후, 내 나이 열 몇 살 때다. 말은 양자養子라지만,

15

머슴살이하던 시절이었는데, 돌이켜 보면 이슬은 나와 참으로 기묘한 인연을 가지고 있다.

피난 시절 노숙생활을 하는 때라 이슬에 젖어야 하고 이슬을 맞아야 하고 또 이슬을 먹기까지 해야 했으니 말이다.

이슬을 먹기까지 했다니까 누군가는 장난친다고 웃을지 모르지만, 웃을 일이 아니다.

이슬이 쓰다는 사실을 아는 사람은 많지 않을 것이다. 믿는 사람도 없을 것이다. 허나, 분명 찰벼 이슬은 소태나무 껍질만큼이나 쓰다. 그것도 어린 나이에 약이라고 해서 그랬는지 모르지만, 아침마다 바가지로 찰벼 이삭에 맺힌 이슬을 훑어서 받아낸 이슬은 먹기가 얼마나 고역이었던지, 어머니가 빗자루를 거꾸로 잡으신 일이 한두 번이 아니었다.

약을 구할 수 없는 전쟁통이라 더위를 먹고, 이질병으로 고생하면서 밀가루를 물에 타서 마시고, 학질엔 해 뜨기 전, 쥐구멍을 세 번 묻고, 소변으로 이긴 진흙으로 쥐구멍을 막으면 낫는다는 민간요법을 쓰기도 했다.

이슬을 먹기까지 했다니까
누군가는 장난친다고 웃을지 모르지만, 웃을 일이 아니다.
이슬이 쓰다는 사실을 아는 사람은 많지 않을 것이다.
믿는 사람도 없을 것이다.
허나, 분명 찰벼 이슬은 소태나무 껍질만큼이나 쓰다.

 5십여 년이 훌쩍 지난 오늘날 작은 텃밭을 가꾸다 보니, 그 지겹던 이슬이 얼마나 고맙고 신비스러운지, 새삼 느껴진다.
 많은 사람들이 이슬을 가리켜 진주와 같다고 한다. 이는 이슬의 기능과 가치를 말하기보다 그 모양을 가리킴인 듯한데, 진주가 보석이듯 이슬 또한 빗물 이상으로 가치와 기능을 가지고 있는 보석임을 나는 믿는다.
 한여름 소나기나 장맛비가 식물에게 줄 수 있는 양은 얼마나 될까?
 사람이나 동물이나 물이든 음식이든 먹을 만큼 먹고 나면, 더 이상 먹지 못하듯 식물도 마찬가지다. 비가 아무리 내려도 먹고 남는 것은 흘려 보낸다.
 사막에서 살아가는 선인장이나 그 많은 생명들이 어떻게 존재할 수 있을까.
 이슬의 신비하고 위대한 존재 때문이다.
 기상의 변화가 없는 한 이슬은 밤마다 변함없이 내린다.
 헌데, 재미있는 것은 식물이 이슬을 받아먹을 수 있는 경이로운 과학적 형태이다.

모든 식물의 잎이나 줄기의 끝 쪽은 위로 향하고 있는 동시에, 물받이처럼 잎은 골이 져 있고, 이슬은 이곳을 타고 가지로 내려간다. 그리고 가지의 물은 몸통을 타고 뿌리로 내려간다. 하천의 지류와 어쩌면 그렇게도 닮았는지 관찰하고 생각해 볼 일이다.

3년 가뭄에는 살아도, 석 달 장마에는 살 수 없다는 옛 조상님들의 말씀이 바로 이슬을 두고 한 말씀이 아닌가 싶다.

돌맹이가 오줌을 싸면 풍년이 들고, 눈물을 흘리면 흉년이 든다는 말씀 역시 이 신비의 현상을 과학적으로 풀어내지 못한 경륜의 소산이 아닌가 싶다.

장독대 밑에 돌나물이 다른 곳에 난 것보다 잘 자라는 이유 또한 돌의 오줌 때문이 아닐까.

사람들은 기암괴석 절벽에 매달린 소나무나 단풍나무를 보고 자연의 신비요, 신의 위대한 작품이라고 경탄한다.

그러나 그 뒤에 숨어 있는 이슬의 신비를 말하는 사람은 아무도 없다.

바위틈에 뿌리가 박혔고 갈라진 바위 틈에 스며든 빗물을 먹으며

돌맹이가 오줌을 싸면 풍년이 들고,
눈물을 흘리면 흉년이 든다는 말씀 역시
이 신비의 현상을 과학적으로 풀어내지 못한 경륜의 소산이 아닌가 싶다.
장독대 밑에 돌나물이 다른 곳에 난 것보다
잘 자라는 이유 또한 돌의 오줌 때문이 아닐까.

산다고들 생각한다.

바위 속에 저수지라도 있다면 모를까 그것은 절대로 아니다. 밤마다 암벽을 타고 내리는 이슬의 신비와 그의 힘인 것이다. 암벽이 크면 클수록 이슬의 양도 많다. 그것이 그 많은 식물을 먹여 살리는 것이지 여름철 지나가는 소나기와 오다 말다 하는 장마철 비만으로는 절대로 아니다.

시간당 몇백 밀리미터의 폭우가 쏟아져도 비가 그치고 나면, 바위는 뽀얗게 마르지 않던가.

지구상의 모든 생명을 지켜온 원천이 이슬임을 나는 확신하는 동시에 지구의 저수지는 이슬의 대기임을 의심하지 않는다.

하면, 진정 나는 무엇을 먹고 살아 왔는가? 어머니의 눈물이었다. 자식을 위해서 모든 것을 희생하신 어머니의 눈물 그것은 나의 이슬이었다. 아마도 어머니는 저세상에서도 눈물을 보내시고, 내가 누군가의 이슬이 되기를 바라실 것이다.

투바위 눈물 고개

〈12〉아리 눈물 고개〉는 영화와 가요를 통해서 아는 사람이 많아도 투바위 눈물 고개는 아는 사람이 없을 것이다.

허나 '눈물' 이란 두 글자를 지우고 나면 '아하!' 하고 고개를 끄덕이는 사람도 없지 않을 것이다. '투바위 고개' 에다 '눈물' 이란 두 글자는 내가 붙인 나만이 아는 이름이기 때문이다.

'투바위' 고개는 3천여 명의 승려를 거느렸었다는 조선시대 최대의 사찰 터가 있는 경기도 양주시 회암동과 포천시 송우리를 연결하는 천보산 고개이다.

산 높이가 436m이고 보면 그리 높은 고개는 아니지만 산모퉁이라 서른셋이고 보면 그렇게 만만한 고개도 아니다. 원래 이 고개의 이름은 회암 고개였는데 6.25때 미국 작전 암호가 그대로 전해져 오늘에 이르렀다고 한다.

나는 이 고개를 새벽 3시에 7개월 동안 자전거로 넘었다. 뿐만 아니라 포천에서 신북 온천으로 가는 '물어 고개' 도 함께 넘었다. 옛날에 임금님이 길이 험해서 물어 갔다는, 그래서 '물어 고개' 이고 보면 이 고개도 자전거로 넘기에는 쉬운 고개가 아니다. 물론 올라갈 때는 타

'투바위' 고개는 3천여 명의 승려를 거느렸었다는
조선시대 최대의 사찰 터가 있는 경기도 양주시 회암동과
포천시 송우리를 연결하는 천보산 고개이다.
산 높이가 436m이고 보면 그리 높은 고개는 아니지만
산모퉁이라 서른셋이고 보면 그렇게 만만한 고개도 아니다.

는 거리보다 끌고 가는 거리가 더 멀었다. 나는 그 고개를 12월에서
다음해 7월까지 넘었다. 눈보라 비바람이 앞을 막은 적이 얼마나 많은
지 모른다.

쉰세 살 나이답지 않게 울기도 많이 울었다. 내가 보호할 가족은 있
는데 나를 보호할 가족은 없다는 슬픔과 외로움이 스스로 가여웠다.
홀로 자라난 어릴 적 생각이 더욱 설움을 가져왔다. 허나 가야만 했
다. 넘어야만 했다.

어느 유명한 등반가가 '거기 산이 있기 때문에 간다' 고 했듯이 거
기 내 식구들을 보호할 직장이 있기 때문에 갈 수밖에 없었다. 잠깐
쉬어가자고 하는 말이지만 내 마당에 직장이 있다면 갈 필요가 없지
않겠는가. 누구나 다 느끼는 말이지만 오늘을 살아가는 사람들에게
직장이란 온 가족의 행복과 자존심과 미래까지도 담보가 되어 있는
곳이 아닌가.

가장이 실직되었을 때 그 가족들이 더 기가 죽는다는 사실을 겪어
보지 않은 사람은 모른다. 하면 직장이 멀다고 안 가고 힘이 든다고
가지 않을 수 있는 곳이 아니지 않는가.

하지만 눈보라, 비바람이 몰아치는 새벽 그 시간에는 얼마나 갈등했는지 모른다.

언제까지 이 길을 가야 하는가? 다른 길은 없을까?

인생이 무엇인지 모르는 열세 살 어린 나이에 늑막염이 걸렸을 때, 그리고 세상에 무서울 게 없다는 스물일곱의 젊은 나이에 인생의 편한 길을 가고자 했던 나였다. 그랬던 내가 무엇이 두렵겠는가. 허나 나만을 바라보고 사는, 나에게 모든 희망을 걸고 사는 가족들을 위해서 살아야 한다고 얼마나 많이 다짐했는지 모른다.

세상 사람들은 돈보다 사람이 우선이라고 한다. 물론이다. 당연하다. 허나 그것은 생활에 여유가 있는 사람들의 말이지 나는 아니다. 돈이 우선이다. 병든 내 가족들을, 굶고 있는 내 가족들을 살릴 수 있는 것은 돈이지 내가 아니다. 사랑만으로, 눈물만으로는 아무것도 할 수 없는 세상이 아닌가.

당시 교통사정을 잘 모르는 사람들은 왜 그렇게 미련스럽게 살았느냐고 할지도 모르지만 그것은 어른들의 가난했던 시절을 이야기하면 '라면 먹고 피자 먹으면 될 게 아니냐?' 는 식의 어린 아이들의 말과

22

> 세상 사람들은 돈보다 사람이 우선이라고 한다. 물론이다. 당연하다.
> 허나 그것은 생활에 여유가 있는 사람들의 말이지 나는 아니다. 돈이 우선이다.
> 병든 내 가족들을, 굶고 있는 내 가족들을
> 살릴 수 있는 것은 돈이지 내가 아니다.

같을 뿐이다. 교통사정이 달라진 지금이야 그럴 필요가 없지만 1992년 당시에는 최선의 방법이었다.

봉양2리에서 31번 버스를 타고 덕정리를 지나 의정부에서 다시 포천행 버스를 타고, 거기에서 다시 신북 온천행 버스를 타고 하심곡이란 곳까지 가자면 기다리는 시간까지 3시간이 넘게 걸리는데 자전거로 가면 2시간 20분밖에 걸리지 않는다.

그리고 퇴근 시간은 산정호수와 백운계곡을 다녀오는 피서차량들로 해서 5시간도 부족할 때가 많다. 자전거로 오면 경사면 거리 때문에 1시간 40분밖에 걸리지 않는다.

그런데 버스를 기피한 진정한 이유는 왕복 여섯 번의 교통비를 아끼는 데도 있었지만 내 몸에서 풍기는 악취 때문이었다.

내가 일하는 곳은 마장동에서 나오는 축산 폐기물 가공공장이었는데 얼마나 냄새가 지독했던지 1㎞ 밖에 있는 초등학교 학생들이 두통과 구토로 민원이 올라갈 정도였고 씻어도, 씻어도 몸의 냄새로 하여 옆에 사람이 힐끔거리며 자리를 뜰 정도였다.

아무튼 주민들의 민원으로 그 공장은 문을 닫았고, 덕분에 또 한 번의 실직자가 되었지만 눈물고개는 넘지 않아도 되었다.

나는 가끔 그 고개를 넘거나 멀리서 차량들의 불빛을 볼 때면 그때의 일을 생각하며 스스로 놀라고 감탄도 한다. 그리고 누군가가 72세이 나이에 '2011년' 그 고개를 다시 자전거로 넘을 수 있느냐고 하면 그렇다고 하겠다.

내 식구들을 위해서라면 어디든지 갈 수 있다. 악어밭에도 전갈밭에도…….

나는 지금껏 나에게 주어진 어떤 일도 기피해 본 적은 없다. 남들이 기피하는 일도 자청해서 했다. 돈 때문이었다. 22년 동안 결근도 한 번 하지 않았지만 퇴직 후 건설현장 잠복에서도 4년 동안 쉬어본 날이 없다.

화장실의 추억

긴급 상황, 다시 말해서 교통사고라든가 건설현장의 안전사고라든가 아니면 요즘 자주 일어나는 지진에 의한 재해 등을 제외하고는 일상생활에서 가장 급한 일은 화장실에 가는 일이 아닌가 싶다.

그것은 신도 통제할 수 없는, 배고프면 밥을 먹고 졸리면 잠을 자듯 누구나 다 가진 본능이며 생리적인 문제인데 왜 수치심은 따라 붙어서 급한 일을 더욱 급하게 만드는지 모르겠다.

아마도 환경문제와 위생문제 때문인지도 모르지만 우선은 미관상의 문제도 아주 중요한 자리를 차지하고 있다고 본다. 게다가 법까지 한 수 들고 나섰다.

오늘날 먹든 싸든 법이 개입하지 않는 문제들이 얼마나 될까만 거기에는 그만큼 인간의 상식과 도덕이 타락했기 때문이 아닌가 싶다.

피난시절의 이야기다.

요즘 같으면 지하철에 고속도로 산업도로에 터널들이 많아서 만일 전쟁이 일어난다 해도 난민수용에 많은 도움이 되겠지만 1950년 6.25 당시에는 학교나 갑자기 만든 천막 마을에 의존할 수밖에 없었다. 헌데 지금도 잊혀지지 않는 그 숨이 막히는 천막 속의 냄새나는 잠자리와 비를 맞으며 지었던 밥이 아니라 화장실 문제였다. 지금도 우리나라의 공중화장실의 문화는 개선되어야 할 점이 많지만 당시에는 원시 수준이라 해도 과언이 아니었다.

한 개 마을에 수백 명씩 집결되어 있는데 가마니를 뜯어서 둘러막은 화장실은 턱없이 부족했다. 게다가 지붕도 없고 발판은 어른 팔뚝 굵기의 소나무로 얼기설기 엮어서 잘못하면 발이 빠질 수도 있었다. 뿐만 아니라 개울가 경사를 이용했기 때문에 뒤쪽에서는 아래가 훤히 보였다.

앞에서도 잠깐 이야기했듯이 그나마 숫자가 턱없이 부족해서 디디티 소독약 뿌릴 때 줄을 서듯 화장실마다 줄을 서야만 했다. 하다 보니 급한 사람은 기다리지 못하고 산으로 뛰어야 했다. 가까운 옥수수밭들은 이미 발 디딜 틈 없이 만원사례가 됐기 때문이다.

산으로 뛰는 사람들은 대개 배탈이 난 사람들인데 당시에는 물을 갈아 먹으면 당연히 일어나는 현상으로 알고 있었다. 이질까지도 세균성 전염병이라는 사실을 의심하지 않았다. 이러다 보니 산도 얼마

산으로 뛰는 사람들은 대개 배탈이 난 사람들인데
당시에는 물을 갈아 먹으면 당연히 일어나는 현상으로 알고 있었다.
이질까지도 세균성 전염병이라는 사실을 의심하지 않았다.
이러다 보니 산도 얼마 가지 않아서 그것으로 뒤덮였다.

가지 않아서 그것으로 뒤덮였다.

처음에는 사람이 잘 보이지 않는 나무숲 뒤가 아니면 후미진 곳이
었는데 나중에는 장소를 가릴 수가 없었다. 신발을 신었다고는 하지
만 미끄럽고 질퍽한 그것을 밟을 수가 없지 않은가. 나 같은 경우는
맨발이어서 더욱 자리를 찾기가 힘들었다. 그때를 생각하면 지금도
얼굴이 달아오르는 일도 빈번했다. 어둠을 틈타 가까운 밭으로 가고
보면 으레 사람이 있었고 급한 나머지 얼굴만 돌린 채 엉덩이는 마주
하고 일을 보아야 했다.

여기까지는 앞에서도 이야기했듯이 피난시절의 이야긴데 나는 멀
쩡한 평화의 시절인 1976년 서울 한복판에서 또 화장실에 대한 난리
를 겪어야만 했다. 강원도 하구두(고도) 산골에서 무작정 서울에 온
것이 서른여섯 살, 나는 종암동이란 곳에 방을 하나 구했는데 주인과
나까지 포함해서 여섯 가구가 살고 있었다.

당시만 해도 화장실 문화가 요즘보다 낙후되어 여섯 가구가 사는데
도 화장실은 대문간 옆에 하나뿐이었다. 그것도 재래식인 관계로 발
판 아래가 노출된 상태였다. 변을 퍼내기 위한 창구였다. 헌데 문제는

다른 곳에 있었다. 화장실 바로 앞에 공중 수도가 있다는 사실이다.

왜 하필이면 그 시간일까. 아낙네들이 바글바글 아침 준비를 하는 시간이 서른여섯 살의 노총각은 도저히 여인들 사이를 비집고 화장실에 갈 용기가 없어서 뒷산으로 가는 수밖에 없었다. 허나 여기도 안전지대는 아니었다. 아침 산책하는 등산객들로 또는 운동하는 사람들로 내 몸을 숨길 곳이 없었다. 조금 더 조금 더 올라가면 어떨까 하고 정상까지 올라가 보지만 거기에는 아주 훤한 운동장이었다.

하는 수없이 다시 내려오면서 요새를 찾아보지만 역시 마찬가지, '에라 모르겠다. 두 번 다시 만날 사람들도 아닌데…' 하는 배짱으로 얼굴만 가리고 일을 볼 수밖에 없었다. 나는 이럴 때마다 내가 이다음에 세를 놓고 살게 된다면 가구마다 따로 화장실을 만들리라 하는 생각을 했다.

꿈은 이루어졌다. 1980년대 그러니까 약 30년 전 시골에 해당하는 나의 마을에는 아직 현대식 화장실이 없었다. 나는 수세식 화장실을 도입했고 그럴 수 없는 구조에는 마당에서 제일 아늑하고 먼 곳에 화장실을 만들었다. 그것도 남녀가 따로 사용하도록 했고 서로의 수치

꿈은 이루어졌다.
1980년대 그러니까 약 30년 전 시골에 해당하는
나의 마을에는 아직 현대식 화장실이 없었다.
나는 수세식 화장실을 도입했고 그럴 수 없는 구조에는
마당에서 제일 아늑하고 먼 곳에 화장실을 만들었다.

심을 예방하기 위해서 소음이 들리지 않을 만큼 거리를 두었다. 이렇다 보니 세를 살다가 떠나는 사람들은 화장실 떠나는 것이 제일 아쉽다고 했다.

물론 그들은 아파트나 변해 가는 단독주택으로 가는 것이기에 더욱 편리한 것은 사실이다. 이같이 화장실은 그 어떤 시설보다도 인간 세상에 필요한 존재임으로 국가에서 좀 더 적극적인 배려가 있었으면 하는 바람 간절하다.

공원에 산책 나온 사람들이 벤치에 앉아 쉴 수 있는 것과 같이 길을 가다가도 필요하면 잠깐 들렀다 갈 수 있는 환경 말이다. 그러자면 시민들의 의식도 내 집의 그것을 아끼고 관리하듯 변해야 한다고 본다. 아무튼 밥은 며칠을 굶어도 살 수 있지만 배설은 며칠을 보지 못하면 죽을 수도 있다.

운명

배추벌레 한 마리가 개미떼의 습격을 받고 있다. 꿈틀대며 도망쳐 보지만 개미떼의 걸음걸이보다 빠를 수가 없다.

나는 개미떼를 털어 버리고 배추벌레를 풀밭으로 멀리 던져 주었다. 개미떼에게 물린 상처로 죽을지 나름대로의 면역이 있어서 살지는 모르지만 배추벌레의 입장에서는 기적이 일어난 것이다.

인간에게도 이런 일이 일어날 수 있다고 생각한다. 저 유명한 대연각 화재 때 살아남은 사람, 삼풍백화점 붕괴 때 콘크리트 잔해 속에서 구조된 사람, 그리고 탄광 속에 매몰됐다가 구조된 사람들이 이에 속하지 않나 생각된다.

나의 주변 사람들은 내가 살아온 이야기를 듣고 나면 모두가 기적이요, 그중에 하나님을 믿는 사람이 있으면 하나님의 축복이라고 말한다. 그러면 나는 기적인지는 몰라도 하나님의 축복은 아니라고 한다. 오히려 나를 이처럼 고생시키기 위한 저주라고 대답한다.

죽음은 상상만으로도 참 편안한 것이다. 실제로 죽으면 더 편안할 것이다. 그러나 죽었다 살아난 사람은 아무도 없다. 며칠씩 기절했다 깨어나거나 몇 달 몇 년씩 의식을 잃었다가 그 의식이 돌아온 예는 있폭삭 주저앉은 흙더미를 비집고 나온 적도 있었다.
나는 그것이 폭격에 의해 죽을 수 있는 상황이란 사실을 몰랐다.
나이가 어리기도 하지만 어머니가 곁에 계셨기 때문이다.
나의 손을 꼭 잡은 어머니가 계셨기 때문이다.
어머니 곁이라면 언제든지 어디서든지 평안했다.

어도. 나도 3일 동안 의식을 잃었다가 돌아온 예가 있다. 딸아이가 3일 만에 깨어났다고 해서 그런 줄 알지 그동안에 생각나는 것은 아무것도 없다. 고통도 없었다. 그래서 죽음의 과정은 두렵지만 죽음 그 자체는 하나도 두렵지 않은 것이다.

나이 들어서 그때 그 상황이 참으로 위험했구나 하는 생각이 들지 당시에는 아무런 불안조차도 느끼지 못한 때가 많았다. 나뿐만 아니라 6.25를 겪은 사람들은 대개가 그랬겠지만 나는 나의 앞에서, 또는 옆에서 피 흘리며 쓰러지는 사람을 여러 번 보였다. 야광총탄의 불꽃이 숯불 불꽃처럼 튀는 격전지 한가운데서 날이 새기도 했다.

폭삭 주저앉은 흙더미를 비집고 나온 적도 있었다. 나는 그것이 폭격에 의해 죽을 수 있는 상황이란 사실을 몰랐다. 나이가 어리기도 하지만 어머니가 곁에 계셨기 때문이다. 나의 손을 꼭 잡은 어머니가 계셨기 때문이다. 어머니 곁이라면 언제든지 어디서든지 평안했다. 그래서도 어머니는 위대한 기둥이며 지붕인 것이다.

그런데 아이러니하게도 내가 없는 현장에서 내가 꼭 죽을 수밖에 없는 사건이 벌어졌다. 아무리 생각해도 소름끼치는 그야말로 운명의 사건이었다. 지금의 김유정 전철역이 있는 '실내' 라는 마을에서 있었던 일로 33호중 세 집만 남겨놓고 몰살당한 사건이었다. 물론 6.25때의 일로 우리 국군에 의한 참사 사건이었다.

내막인즉 6.25때 인민군 포위망을 뚫지 못한 두 병사가 마을 뒷산에 숨어 있었는데 인민군들이 마을에 들어오자 세 집을 제외하고는 모두가 인공기를 들고 환영을 했다. 이 사실을 수복 후 국군과 합류한 두 병사가 알리자 모두 끌어내어 총살을 시키고 말았다. 젖먹이 어린아이들은 물론 가축까지도 모두 죽여 버렸다.

이런 집 가운데 내가 있기로 되어 있는 집이 있었다. 젖먹이 연년생 아이가 둘이 있었고 소가 한 마리 있었는데 신랑은 피난 가고 없었다. 온 가족이 피난을 함께 갈 수 없을 때 남자들만 갈 수밖에 없는 것은 시대적 상황이었다. 인민군에게 잡히면 끌려가거나 주위의 여론에 따라 총살을 당하기 때문이었다.

서울에서 여기까지 오는 동안 너무도 굶는 날이 많았기에 소꼴이라도 뜯어오고 아이들과 놀아주기만이라도 하라고 이 집에 있기로 했으나 어머니가 저 멀리 조밭 사이로 사라지자 나는 그만 울면서 어머니

6.25때 인민군 포위망을 뚫지 못한 두 병사가
마을 뒷산에 숨어 있었는데 인민군들이 마을에 들어오자
세 집을 제외하고는 모두가 인공기를 들고 환영을 했다.
이 사실을 수복 후 국군과 합류한 두 병사가 알리자
모두 끌어내어 총살을 시키고 말았다.
젖먹이 어린아이들은 물론 가축까지도 모두 죽어 버렸다.

에게로 달려갔다. 어머니는 내가 따라오지 못하도록 돌팔매질을 했으나 나는 듣지 않았다. 하는 수 없이 외가에 다녀오면서 있기로 하고 돌아왔는데 마을은 이 지경이었다.

그때 만일 내가 거기 있었더라면 살아남지 못한 것은 너무도 엄연한 사실이었다. 누군가 나를 그 집 아이가 아니라고 변명해 줄 사람도 없을 뿐더러 그래본들 흥분한 군인들이 들어줄 리도 없지 않은가. 이 사건이야말로 배추벌레와 같은 운명 속에서 일어난 기적인데 또 하나 소름끼치는 사건이 있다.

뉴스에서도 대대적으로 보도를 했지만 1963년 안양읍 호계리 몰압산 밑에서 있었던 폐탄 폭발사건인데 그 위력이 얼마나 컸던지 군포역을 지나던 열차의 유리창이 깨질 정도였다. 그때 나는 바로 몇 백 미터 밖에 떨어지지 않은 공장에서 일을 하고 있었다.

때마침 화장실에 갔는데 갑자기 하늘이 환하게 보이고 유리창으로 모래바람이 들어왔다. 그리고 나서 천둥보다 요란한 폭음이 들려왔다. 그제서야 무슨 사고가 났다고 직감한 나는 출입문 쪽으로 달려갔다. 이미 그때는 서로 나가려는 아우성으로 출입문이 막혀 있었다.

한참 후에 자리로 돌아오니 바로 내가 앉았던 자리에 V자로 깨진 대형 슬레이트가 꽂혀 있었다. 말할 필요도 없이 내가 그 자리에 있었더라면 꼼짝없이 죽고 말았을 것이다. 내가 알기로는 그때만 해도 국산 슬레이트가 없었다. 미군용이다 보니 크고 두껍고 무거웠다.

인간은 이처럼 배추벌레의 운명과 기적처럼 보이지 않는 손에 의해서 보호되고 버림받는 게 아닌가 싶다. 그래서 자살도 마음대로 할 수 있는 게 아닌가 싶다.

화투의 두 얼굴

기록이 없는 역사는 다 그렇듯 화투의 시원에 대해서도 명확하게 알려진 바가 없다. 허나 구전, 구설에 의하면 포르투갈의 '카르타' 라는 놀이가 일본으로 건너가서 '하나후다' 라는 이름으로 전해지다가 구한말, 또는 일제 때 우리나라로 건너오면서 그 이름도 화투가 되었다고 한다.

또 한 가지 설은 우리나라의 전통놀이들을 말살하기 위한 일본의 정책이 깔려 있다고도 한다. 그리고 그 놀이 이름의 변화도 여러 차례 있었다. 내가 아는 범위에서만 말하는 것이지만 끝수만 계산하는 민화투에서 섰다, 짓고땡, 나이롱뽕, 그리고 고스톱이란 이름으로 오늘에 이르렀다.

어쨌든 가만히 살펴보면 화투에는 3가지 공통점이 있다. 좀 더 관심을 가지고 찾아보면 더 찾을 수도 있겠지만 끝내는 패가망신한다는 점과, 상대편의 돈을 꼭 따야 한다는 목적과, 마지막으로는 매우 무서운 중독성이라는 사실이다. 중독성에 의한 사건들은 세상에 많이 알려졌지만 내가 아는 것 두 가지가 있는데 하나는 조막손의 이야기요, 하나는 살인사건의 이야기다.

조막손의 경우 애초에 그가 어마어마한 부자였는지는 모르지만 화투로 전 재산을 날리고 후회와 다시는 화투를 만지지 않겠다는 결심으로 손가락 열 개를 다 절단했는데 그 상처가 다 아물기가 바쁘게 다시 화투를 잡았다는 이야기다.

그리고 살인사건의 경우 1950년대 우리 작은 마을에 시계포가 하나 있었다. 그런데 어느날 그가 사람을 죽였다고 마을이 발칵 뒤집혔다. 그리고 이제까지 아무도 모르고 있던 그의 과거가 퍼지기 시작했다.

사실이 그랬는지 아니면 근거 없는 소문인지는 모르지만 그가 시계포를 차린 자금이 노름해서 딴 돈이라는 것이다. 헌데 문제는 정당한 노름이 아니라 속임수를 썼다는 것이었다. 그래서 상대편에서 돌려줄 것을 끈질기게 요구했고 결국에는 시비가 되어 그 같은 결과가 왔다는 것이었다.

사실 노름하면 패가망신 다음에 사기도박이란 말이 떠오르는데 요즘 사기도박에 대해서 얼마나 보도가 자주 되는가. 날이 갈수록 그 수법이 지능적이고 첨단장비까지 동원된다고 하지 않는가. 그러니 순진한 가정주부들이 꼼짝없이 당할 수밖에 없고 끝내는 가정파탄까지 오

사실 노름하면 패가망신 다음에 사기도박이란 말이 떠오르는데
요즘 사기도박에 대해서 얼마나 보도가 자주 되는가.
날이 갈수록 그 수법이 지능적이고 첨단장비까지 동원된다고 하지 않는가.
그러니 순진한 가정주부들이 꼼짝없이 당할 수밖에 없고
끝내는 가정파탄까지 오지 않는가.

지 않는가.

솔직히 이건 좀 부끄러우면서도 다행스러운 일인데 나에게도 화투 때문에 위기가 올 뻔했다. 친척 할머니들과 10원짜리 화투를 해서 늘 돈을 딴다고 아내는 자랑했다. 작든 크든 화투를 만져서는 안 된다고 정색을 했지만 소용이 없었다.

그러던 어느날 결국 아내는 주인집 남자가 치는 화투판에 어울렸다. 나는 자존심이고 체면이고 인격이고 따질 여유가 없었다. 그 즉석에서 헤어질 것을 선언하고 회사로 돌아왔다. 아무리 잘 아는 주인남자라지만 남의 남자와 어울렸다는 그 자체도 문제인 데다 주인남자가 더욱 문제였다. 아무리 주인남자와 세입자의 관계라고 하지만 상대는 젊은 여자가 아닌가. 또 남자의 마음이란 어떤 것인가? 아내에 대한 비이성적인 나의 태도는 인격과 도량을 말하기 전에 경고인 동시에 주인에 대한 분노였다.

나라는 사람을 무시했다는 감정을 참을 수가 없었다. 더욱이 내가 참을 수 없었던 것은 주인여자의 태도였다. 노름이 아니라 심심풀이 재미로 치는 것이라면 자신도 함께 쳤어야 했는데 자신은 뒷전에서

소위 말하는 고리를 뜯고 있지 않았던가. 이것은 무엇을 뜻하는가. 계획적이고 상습적이 아닌가. '바늘도둑이 소도둑 된다' 는 옛말과 같이 결과는 뻔한 게 아닌가.

도박의 문제가 무엇인가. 바로 중독성이다. 딴다는 신념과 따야 한다는 집념, 그것이 빚을 지게 되고 끝내는 가정파탄으로 이어지는 게 아닌가. 돈도 문제가 되지만 남녀 사이에는 속성이란 게 있지 않은가. 뉴스에 자주 나는 일이지만 사기도박에 걸리면 재산 날리고 몸도 버리게 되지 않는가.

이야기가 잠깐 빗나갔지만 사기도박이란 것이 요즘에만 있는 게 아니었다. 요즘 수법에 비하면 아주 유치하고 원시적이지만 그 규모와 계획은 치밀하고 방대했다.

전문 도박꾼들이 어느 마을에 가서 도박판을 벌인다 하면 일 년 전부터 자기네들이 표시를 해서 만든 화투를 가게마다 뿌린다는 것이다. 화투는 본래 몇 번 치고는 폐기하는 것이 원칙이란다. 손에 익으면 속임수를 쓰기 때문이란다.

이런 방법이 있는가 하면 '쿵캉' 이라고 해서 기침으로 자기의 패를

요즘 수법에 비하면 아주 유치하고 원시적이지만
그 규모와 계획은 치밀하고 방대했다.
전문 도박꾼들이 어느 마을에 가서 도박판을 벌인다 하면
일 년 전부터 자기네들이 표시를 해서 만든 화투를 가게마다 뿌린다는 것이다.
화투는 본래 몇 번 치고는 폐기하는 것이 원칙이란다.
손에 익으면 속임수를 쓰기 때문이란다.

짜고 하는 상대에게 알려주는 수법도 있다고 한다. 그리고 화투 기술자들은 겨우내 물주를 끌고 다니며 땄다 잃었다 하다가 농번기가 돌아오면 어느 한쪽에다 돈을 몽땅 넘기고 어느 장소에서 만나 나누어 가진 후 잠적해 버린다는 것이다.

결국 망하는 것은 양쪽 다 물주들인데 이런 살벌하고 악랄한 화투 노름 속에도 인간적인 면도 있다. 따지고 보면 화투의 두 얼굴인데 그 룰에서 말이다.

예를 들면 붙었다, 또는 '쌌다' 하는 경우인데 바닥에 깔린 화투장을 먹어오기 위해서 때렸는데 뒷장이 같은 것이 나와 버렸다. 결국 빈손으로 들어갈 수밖에 없는데 이때 그를 위로하기 위해서 상대편들이 규정을 정함에 따라 일정액을 주는 경우다.

다음은 '흔든다'는 규칙인데 같은 화투를 석장 받았을 때의 일이다. 이것 가지고는 도저히 이길 확률이 희박하니까 다행히 점수를 내고 스톱을 불렀을 때 획득한 점수의 곱으로 주는 상이다. 용기와 희망을 주려는 배려가 아닌가 싶다.

그리고 이번에는 스톱 끝수가 됐는데도 스톱을 하지 않고 계속하자

39

는 뜻의 '고'를 불렀을 때 다음 차례에 왔을 때 추가 점수를 올리지 못
하면 스톱을 부를 수 없고, 다른 사람이 점수를 내어 스톱하였을 때
돈을 내게 되어 있는 다른 사람의 몫까지 내야 하는 '바가지' 벌칙인
데 이것은 지나친 인간의 욕심에 경고의 뜻이 담겨 있지 않은가 싶다.

그리고 마지막에는 '개평'이라는 게 있는데 이것은 돈을 딴 사람이
잃은 사람을 위로하기 위한 얼마의 돈을 돌려주는 선심이다.

그러나 화투는 치지 말아야 한다. 돈을 따기 위한 노름은 물론 명절
때 오랜만에 만난 처남 매부, 또는 동서들 사이에도 치지 말아야 한
다. 화목을 위한 오락이 아니라 이해관계가 있는 만큼 인격이 노출되
고 인간성이 노출되며 결국 작으나 크나 상처받는 일이 생긴다.

그러나 나중에 딴 돈을 하나도 갖지 않고 잃은 만큼 그대로 돌려주
면 재미있는 오락이고 두고두고 아름다운 추억이 될 것이다.

부부 사이에도 마찬가지다.

그러나 화투를 손에 대지 말아야 하는 이유는 인간성이 노출되기
때문이다. 인간성이 노출되면 친구 잃고 돈도 잃는 것이다.

사냥꾼의 미소

텔레비전에서 가끔 멧돼지 떼들이 도심에 나타난 것을 뉴스로 보여줬는데 나는 이때마다 궁금한 것이 하나 있었다.

과연 멧돼지 떼들이 옛날에 비해서 그렇게 많이 늘어났다는 것인지 아니면 보도매체의 발달로 옛날 같으면 모르고 넘어갈 일들을 알게 되었는지 말이다.

나는 어린 시절 경기도 가평과 강원도 화천군 그리고 강원도 춘성군(지금은 춘천시)이 걸쳐있는 저 유명한 야생약초의 고장 화악산 지촌리쪽 어느 골짜기에 살고 있었다.

일제 때 버리고 간 폐광을 다시 시작해서 부근에 사는 사람들은 대개가 광산 일에 종사하고 있었지만 조금씩은 화전에 가까운 텃밭을 가꾸고 있었다. 지금은 강원도의 특산물이 다양하지만 당시만 하더라도 옥수수와 감자가 주를 이루고 있었다.

헌데 문제가 있었다. 바로 멧돼지를 비롯한 야생동물들의 습격이었다.

전쟁으로 인해서 민둥산이 많았고, 나머지는 주인들의 땔감으로 야생동물들이 살 만한 조건이 되지 못했는데도 어떻게 살아남았는지 농

작물에 피해를 주었다. 해서 밭주인들은 그것을 지키기 위해서는 여간 힘든 게 아니었다.

밭 주변에 함정을 파거나 올무를 놓아보지만 귀신같이도 그곳을 피했다. 그래서 밭 주위로 말뚝을 박고 전선(일명 삐삐선)을 띠우고 깡통을 매단 후 주기적으로 경보를 울려야 했다. 그러자니 밭머리에 움막을 치고 밤을 새울 수밖에 없었다. 헌데 거기에는 위험도 따랐다.

요즘 동물학자들의 이야기를 들어보면 이미 한반도에선 호랑이가 사라진 지 오래라고 하지만 당시 주민들은 그렇게 생각하지 않았다. 어디에선 호랑이가 송아지를 물어가고 어디에선 늑대가 돼지를 잡아갔다는 이야기들이 심심치 않게 돌았지만 실제로 밤이면 앞산 등성이에서 호랑이나 늑대의 눈빛이라고 믿는 시퍼런 쌍불이 마을을 내려다보고 있는 것이 자주 눈에 띄었다.

그러면 그것을 본 사람들은 허겁지겁 방으로 들어가 불을 끄고 호랑이 발로 한 번 훑어 내리면 박살이 날 문이지만 그걸 걸어 잠그곤 했다.

실제로 나도 당한 일이지만 무엇인가에 쫓기다 가까운 곳에 있는

어디에선 호랑이가 송아지를 물어가고
어디에선 늑대가 돼지를 잡아갔다는 이야기들이 심심치 않게 돌았지만
실제로 밤이면 앞산 등성이에서 호랑이나 늑대의 눈빛이라고 믿는 시퍼런 쌍불이
마을을 내려다보고 있는 것이 자주 눈에 띄었다.

집에라도 들어가면 아무리 가까운 사이일지라도 절대로 받아들이지
않았다. 당시 사람들은 분명히 호랑이가 있다고 믿었고 호랑이에게
쫓기는 사람을 구제하면 반드시 대신 물려간다고 믿었던 것이다.

그런가 하면 늦은 밤 관솔불(송진이 응집된 썩은 소나무 뿌리)이나
간드레불(광산 갱내에서 쓰는 가스 불)을 휘적휘적 저으며 집으로 돌
아올 때 해코지하지 않고 무엇인가 따라왔다면 호랑이의 보호를 받았
다고 믿었다.

그리고 여름에는 그런 일이 없는데 한겨울이면 앞산에서 돌 구르는
소리와 나뭇가지 찢기는 소리가 나는데 역시 호랑이 장난이라고들 믿
었다.

지금 와서 생각해 보니 그것은 온도차에서 오는 낙석의 현상이 아
니었나 싶고 앞산의 푸른 불빛도 개나 고양이 시선과 마주쳤을 때 섬
광이 일어나듯 야생동물들의 그것이 아니었나 생각된다.

여름밤 마당에다 멍석 대신에 가마니를 뜯어 깔고 가족들끼리 아니
면 이웃이 모여서 찐 감자와 옥수수를 먹노라면 마당 끝에서 바스락
거리는 소리가 난다. 가만히 살펴보면 산토끼 어린 것들이다.

43

이때도 푸른 눈빛과 마주칠 때가 있다. 이 새끼들은 거의가 같은 자리에 나타나기 때문에 덫을 놓으면 잡을 수도 있지만 내버려둔다.

워낙 성질이 급해서 잡아본댔자 기를 수도 없지만 지가 가본들 멀리 벗어나지 못하기 때문이다. 마치 어부가 고기를 잡아서 작은 놈들은 다시 바다로 돌려보내듯 그런 심정이다. 누구의 손에 잡히든 상관없고 겨울이면 부처님 손바닥이다. 갉아먹은 싸리나무 밑둥을 보나 눈 위의 발자국을 보면 노는 장소가 거의 정해져 있는 것이다.

게다가 놈들은 위기에 몰리면 다래 덤불, 머루 덤불 같은 곳에 머리를 처박는 습성이 있어서 망태기에다 그저 주워 담기만 하면 된다.

욕심을 부리지 않는다. 누구든 한 마리만 잡으면 정월보름에 불놀이하듯 토끼다리를 잡고 원을 그리며 잡았다고 소리친다. 그러면 어디서 어떻게 보았는지 산에 갔던 사람들이 하산을 하는데 그중에도 토끼를 잡은 사람이 있다.

추석 명절이나 설 명절이 아니면 고기를 구경할 수 없던 시절에 이런 날이면 잔치분위기가 되는 것이다. 지금이야 흔한 게 술이지만 당시에는 막걸리도 귀했다. 가정에서 제사용, 또는 명절용으로 술을 담

> 욕심을 부리지 않는다. 누구든 한 마리만 잡으면
> 정월보름에 불놀이하듯 토끼다리를 잡고 원을 그리며 잡았다고 소리친다.
> 그러면 어디서 어떻게 보았는지 산에 갔던 사람들이 하산을 하는데
> 그중에도 토끼를 잡은 사람이 있다.

그면 밀주라고 해서 걸리면 벌금이라는 게 나왔다. 그런데 나는 나이가 어린 탓에 이전에 한 번도 끼지 못했다. 그저 부러울 따름이었다.

그러던 어느날 나는 우리 집 앞을 며칠에 한 번씩 지나가는 사냥꾼을 생각했다. 그의 손에는 올무가 몇 개씩 들려 있었고 허리춤에는 토끼가 두서너 마리씩 매달려 있었다. 올무 놓는 방법은 어른들로부터 자주 듣기도 했지만 몇 번 보기도 해서 그 장소와 요령은 알고 있었다.

첫째는 남의 올무 가까운 곳에는 놓지 말 것이며, 요령은 토끼가 다니는 길목에 양옆으로 이탈하지 못하게 나무를 쳐서 막는 것이다. 그리고 올무 구멍만 빠끔 남기고 길을 차단하는 것이다. 그러면 100%는 아니다. 용하게도 올무 옆을 뚫고 나가는 놈도 있다. 그러면 그놈인지 다른 놈인지는 몰라도 다음 올무에 걸려 있는 것이다.

간밤에 눈이 많이 내린 어느 날이었다. 나는 올무를 확인하러 갔다. 그런데 나의 올무는 그대로 있고 다른 사람 올무에 토끼가 걸려 있었다. 나의 가슴은 뛰었다. 남의 것이라는 생각 이전에 토끼를 한 마리 잡았다는 생각뿐이었다.

다음날 저녁 무렵이었다. 사냥꾼 아저씨가 토끼 몇 마리를 허리춤에 달고 내려오다 나를 힐끗 쳐다보았다. 그러고는 손을 번쩍 쳐들며 미소를 지었다.

"네 녀석이 한 마리 풀러 갔지?"

나는 나이 먹어가면서 그때 그 사냥꾼의 미소가 무슨 뜻인지 알게 되었다.

도시락과 선생님

12 │ 주알 고주알 따지고 든다면 인생의 성공과 실패를 구별하기
가 좀 그렇겠지만 자신이 살아온 길에 대해서 크게 후회하지
않거나 억지로 떠밀려 살아온 인생일지라도 사회로부터 인정받고 사
는 사람이라면 그렇게 실패한 사람이라곤 생각하지 않는다.

직업상으로 보면 남의 앞에 나서지 않고 묵묵히 가는 사람들, 본의
든 아니든 남의 앞에 나서야 하는 사람들, 헌데 그들은 오늘이 있기까
지 과거에 어떤 계기가 있었다고들 한다. 그 계기는 바로 누구로부터
받은 영향이라고들 하는데 대개가 학교시절 선생님이라고 하는 예가
많다. 지상을 통해서 아는 사실들을 다 이야기할 수는 없지만 아무개
하면 대부분의 사람들이 금방 알 수 있는 사람 하나를 찾아보자면 영
화배우 엄앵란 씨가 떠오른다.

그는 영화에서 뿐만 아니라 'KBS 아침마당, 부부탐구'를 통해서도
많이 알려졌는데 여고시절 퇴학의 위기에서 구해준 선생님이 바로 담
임선생님이라고 했다. 그 선생님이 아니었으면 자기의 인생길이 어떻
게 됐을지 모른다고 했다.

나는 엄앵란 씨의 이야기뿐만 아니라 학창시절 선생님의 영향으로

바른 길을 가고 있다는 이야기를 들을 때마다 나도 나의 선생님을 생각하곤 하는데 유감스럽게도 원망부터 앞선다.

궁극적으로 자신의 인생은 자신이 책임질 일이지만 그래도 어린 시절에 받은 상처는 영원히 지워지지 않고 세상 살기가 어려울 때마다 선생님이 한없이 원망스럽다.

어떤 사건의 옳고 그름을 판단하는 데 있어서 앞에 나타난 결과만을 볼 게 아니라 뒤에 숨겨진 원인도 보아야 한다고 생각하는 지금에 와서 생각해도 내 초등학교 시절의 담임선생님은 '아니올시다' 이다.

자신의 선생님 인품을 깎아내린다는 사실은 자신의 인격도 스스로 깎아내리는 행동이지만 어차피 잘못된 인생 독백으로나마 응어리를 풀고 싶다. 그만큼 나는 선생님을 원망하고 나의 인생길에 크나큰 상처를 안겼다고 본다.

남의 어머니들은 애들이 공부를 하지 않는다고 늘 걱정이었지만 나는 반대였다. 공부 그만하고 자라는 날이 많았다. 6.25전쟁 관계로 제때에 입학하지 못한 나는 나이 때문에 3학년에 덜커덕 입학을 하였다. 그것도 2학기 말이었다. 보기 좋게 낙제를 한 나는 다음 해 3학년 1학

자신의 선생님 인품을 깎아내린다는 사실은
자신의 인격도 스스로 깎아내리는 행동이지만
어차피 잘못된 인생 독백으로나마 응어리를 풀고 싶다.
그만큼 나는 선생님을 원망하고 나의 인생길에 크나큰 상처를 안겼다고 본다.

기부터 공부하기 시작했다.

팔푼이 같은 자랑이지만 1학기 말에 1등을 했다. 4학년 2학기에 월반을 했다. 거기에서도 1등을 했고, 5학년에 가서도 내내 선두였다.

그런데 나는 6학년에 올라가기 몇 달을 앞두고 학교를 그만두게 되었다. 애초에는 도시락 도둑의 누명 때문이었지만 결과는 담임선생님 때문이었다. 전쟁이 쓸고 간 자리는 어디나 그랬겠지만 내가 다니던 강원도 춘성군(지금은 춘천시) 사북면 지촌리 지촌초등학교(당시는 국민학교)는 처음에는 부서지다 남은 교실과 천막 학교였는데 시국이 안정되면서 15사단 군인들이 여섯 칸짜리 학교를 지어주었다. 헌데 교실이 부족했다. 그래서 인근 고아원을 4,5학년 두 개 학년이 빌려 쓰고 있었다.

그러던 어느 겨울날 본교로 예방주사를 맞으러 가게 되었는데 그때 나를 비롯한 홍재근이라는 학생과 장병근이란 아이가 당번으로 남게 되었다. 겨울인지라 드럼통 난로도 지켜야 했지만 아이들의 도시락을 데워 놓기 위해서였다. 헌데 이게 어찌된 일인가. 도시락 확인을 위해서 뚜껑을 열어 보니 도시락에 밥은 반 밖에 남아 있지 않았다. 이것

49

도 저것도 거의가 같은 모양새였다. 꼼짝없이 우리 셋이 범인으로 몰렸다.

그러나 우리는 절대로 아니었다. 헌데 담임선생이 가한 체벌, 이것은 폭행도 아닌 고문 수준이었다. 결국 해가 져서야 풀려나기는 했지만 그중에서도 나는 두 아이보다 몇 배나 더한 매를 맞았다.

두 아이는 종아리에 몽둥이가 떨어질 때마다 걸상에서 떨어져 데굴데굴 굴렀지만 나는 창문 문지방을 잡은 채 꼼짝하지 않았다. 선생은 처벌 이전에 인간적인 감정이 작용했을 것이다.

하지만 어린 나도 나대로 억울한 심정을 어찌할 수가 없었다. 더욱이 가난에 대한 슬픔도 겹쳤다. 도시락을 가지고 다니지 못한다고 범인으로 인정되어 버렸기 때문이다.

나는 그날 얼마나 많이 맞았는지 두 아이는 계단을 걸어서 내려갈수가 있었지만 나는 계단 난간을 타고 엉덩이로 내려갔다. 다리가 너무 부어 무릎이 굽혀지지 않았기 때문이었다.

앞에서도 잠깐 이야기했지만 어떤 사건을 놓고 결과만을 가지고 판단하는 것이 아니라 그 뒤에 숨겨진 원인도 생각할 줄 아는, 이 나이 어린 나도 나대로 억울한 심정을 어찌할 수가 없었다.
더욱이 가난에 대한 슬픔도 겹쳤다.
도시락을 가지고 다니지 못한다고 범인으로 인정되어 버렸기 때문이다.
나는 그날 얼마나 많이 맞았는지 두 아이는 계단을 걸어서 내려갈 수가 있었지만
나는 계단 난간을 타고 엉덩이로 내려갔다.

에도 선생님을 원망하는 것은 내 인생이 지금 이 꼴밖에 안 돼서가 아니라 64명의 5학년 전원과 4학년 학생 전원(인원은 확실히 모름)의 도시락을 어떻게 세 명이 반씩 먹을 수 있다고 믿었다는 사실과 설혹 그랬다면 가엾어서 동정할 일이지 그토록 잔혹하게 매질을 할 수가 있느냐 하는 사실이다.

사실 이 사건은 선생 자신도 학교 다닐 때 경험했겠지만 아이들이 장난으로 점심 전에 반찬 자랑을 하며 한 숟가락씩 낄낄거리며 먹은 사건이다. 선생이 도시락 임자 아이들에게 영문을 물었을 때 사실대로 말하지 못했던 것은 역시 문책이 겁이 났을 게다.

어쨌든 나는 그 사건으로 인해서 바로 학교를 그만두었고 학교를 그만둔 것에 대해 평생 후회도 한다. 세상 살기가 힘들 때마다 선생님을 원망도 한다.

세상에는 훌륭한 선생님들이 얼마나 많은가. 우리 사회의 지도자들을 길러낸 선생님들도 그렇지만 잘못 가고 있는 학생을 바른 길로 인도한 선생님들도 그렇다. 그런 점에서 나는 헬렌켈러를 길러낸 그의 선생님을 이 세상에서 가장 훌륭한 선생님이라고 생각한다. 인내와

집념, 그리고 애정과 이해의 측면에서 말이다.

　학문이란 무엇인가! 호기심과 집념이다.

　나는 나무토막을 책상 삼아 공부를 하다가 그 나무토막에 얼굴을 묻고 잠든 날이 많았다. 동창들이 부러워서 울기도 많이 울었다. 판검사, 국회의원이란 말은 들어보지도 못했지만 세상에서 가장 훌륭하게 보였던 선생님은 원한의 뿌리였다. 선생님이 어린 나이에 상처를 준 것은 이것만이 아니다. 하학 후 사격장에 가서 탄피를 줍거나 군부대 철조망가에서 주워 모은 공병과 깡통을 압수하고, 다음날 아침 교문 앞에다 무릎을 꿇려 놓고 망신을 주기도 했다.

　세상을 살면서 반항아가 된 것은 그때 형성된 성격 때문이었고 학교를 그만둔 후 나는 눈만 내리면 새벽 십리 길을 달려가 학교 운동장에다 '길 아무개 선생 죽인다' 고 운동장 하나 가득히 낙서를 하곤 했다. 그렇게 하지 않고는 견딜 수가 없었다.

　나의 인간성도 바로 된 것은 아니라고 생각하지만 80이 넘은 지금도 그 선생님에 대한 원망은 사라지지 않고 있다. 그때 선생님은 고물을 줍는 사연을 물었어야 했다. 가정방문이라도 했어야 했다.

세상을 살면서 반항아가 된 것은 그때 형성된 성격 때문이었고
학교를 그만둔 후 나는 눈만 내리면 새벽 십리 길을 달려가 학교 운동장에다
'길 아무개 선생 죽인다'고 운동장 하나 가득히 낙서를 하곤 했다.
그렇게 하지 않고는 견딜 수가 없었다.

학교를 떠난 지 17년 만에 나는 선생님이 근무하는 학교를 알아내어 전화를 했다. 내 이름을 듣고 난 선생님은 아무 말 없이 전화를 끊고 말았다.

일 년 후 동창을 만나 이 사실을 말했더니 그때 선생님은 졸도를 했었다고 했다. 그렇다면 선생님은 과거에 나에게 한 행동들이 애정의 훈계가 아니라 감정의 표현이었음을 스스로 인정한 것이다. 내 입으로 말하기 곤혹스럽지만 나는 해방 후 강원도에선 최초로 큰 사건(「강원일보」 보도에서)을 내고 사형 구형을 거쳐 무기형을 받고 있었다.

인생이란 두 번 살 수 없지만 그럴 수만 있다면 나는 초등학교만이라도 정식으로 졸업하고 싶다. 그렇다면 나의 길은, 지금의 길은 분명 아니다. 교육은 안목을 키워주는 것이고 그 안목은 선택의 여지를 다양하게 갖게 해 준다고 본다. 게다가 나는 내가 생각하기에도 무서울 만큼 집념이 강한 인간이다.

시간이 걸릴 뿐 마음 먹은 것은 이루지 못한 게 없다. 시 한 편 20년 걸린 게 있고, 어머님의 시비는 34년이 걸리기도 했다.

'필요하면 만들어라.' 이것이 나의 좌우명이다.

비과학의 진실

'수술' 하면 크든 작든 두려움이 앞선다.

대부분 긴급 상태이거나 일반 치료가 어려울 때 행해지는 조치이기 때문이다. 그만큼 위험의 확률도 높다.

뉴스에서 가끔 보지만 완전한 의료사고─유방을 바꾸어 도려낸 암 수술─도 있고 수술부위에 가위나 거즈 같은 수술도구를 남겨 두고 봉합한 예도 있었다. 그래도 책임지는 사람은 없었다. 세상의 어떤 법보다도 의사 보호법은 강하기 때문이다.

대통령이 탄핵을 당하고 국회의원, 장관은 처벌을 받아도 의사들은 그렇지 않았다. 있다고 하면 언론에 알려진 극소수였다. 누구도 진실을 알 수 없고 알아도 말해 주지 않기 때문이다.

아내는 같은 병원에서 같은 부위를 3일 간격으로 수술 받은 적이 있다. 물론 의사도 같은 의사였다. 일반상식으로는 두 번의 실수가 있었다는 말인데 의사는 아무 설명도 없었고, 환자도, 환자 가족도 알 수 없는 일이 아닌가. 의사만이 아는 진실이 있기 때문이다. 설혹 나중에 안다고 한들 무슨 소용이 있는가. 사람이 죽거나 고통을 받을 대로 받은 후가 아닌가. 숨통만 막히고 피만 마를 뿐이다.

나는 아내만큼 받지는 않았지만 8번의 수술을 받아보았다.
보호자의 입장과 환자의 입장을 다 경험해 보았다는 말이다.
헌데 수술실에 들어간 아내를 기다릴 때는 피가 마르고 숨통이 막혔지만
내가 수술실에 들어갈 때는 그렇게 마음이 편할 수가 없었다.

실제로 내가 겪었던 일을 하나 보자.

파석 파편에 정강이를 맞아 콩알 만한 피멍이 돋아있었다. 피를 뽑으면 속히 날 것 같아서 병원을 찾았다. 생각대로 메스로 살짝 절개를 했다. 참새 눈 정도였다. 헌데 한 달이 넘어도 상처가 아물지 않았다. 답답한 나머지 의원급 병원을 찾아갔다. 일주일 만에 상처가 아물었다. 여기에 어떤 설명이 필요하겠는가.

나는 아내만큼 받지는 않았지만 8번의 수술을 받아보았다. 보호자의 입장과 환자의 입장을 다 경험해 보았다는 말이다. 헌데 수술실에 들어간 아내를 기다릴 때는 피가 마르고 숨통이 막혔지만 내가 수술실에 들어갈 때는 그렇게 마음이 편할 수가 없었다. 누구도 믿어주지 않겠지만 이대로 깨어나지 않으면 얼마나 좋을까 하는 마음이 간절했다.

들어갔다. 나갔다. 오랜 병원생활은 죽음의 고통보다 더한 아픔의 고통과 아픔의 고통보다 더한 인생의 고통을 수없이 보아왔기 때문이다. 그런 모습으로 죽어서는 안 된다고 생각했다.

첫째는 가족들에게 짐이 되어서는 안 된다는 생각과, 둘째는 가족

들을 거지로 만들어선 안 된다는 생각 말이다. 사실 슬픔은 짧고 고통은 긴 것이 환자와 그 가족들의 사이다.

가족중 누군가 세상을 떠났을 때 남은 가족들의 슬픔은 시간이 가면서 잊어지지만 긴 병과 함께한다면 똑같은 고통을 받는다는 말이다. 사실 환자는 고통을 모를 때가 많다. 무의식 상태이거나 정신이 온전하지 않을 때가 많기 때문이다. 이런 일을 방지하기 위해서 스스로의 죽음도 생각해 보지만 실패가 두렵고 가족들에게는 세상의 그 어떤 가혹행위보다 잔인한 행동이기 때문에 결단을 주저하는 것이다.

앞에서 잠깐 이야기했듯이 나는 8번의 수술을 받는 동안 단 한 번도 가족들의 손을 잡아보지 못했다. 수술을 받고 나오는 순간에도 그랬다. 마취가스가 체내에서 다 빠져 나갈 때까지 잠을 자면 안 되지만 그것마저도 도와주는 가족이 없었다. 모두가 갑작스럽게 이루어진 일이기도 하지만 하나밖에 없는 딸은 멀리 있고 아내는 오히려 나의 시중이 필요한 사람이기 때문이다.

나는 며칠 전 팔뚝에 열 바늘을 꿰매는 절개상을 입었다. 과거의 수술들에 비해서 상처도 작았지만 다리를 다친 것이 아니기에 걸어가려 사실 환자는 고통을 모를 때가 많다.
무의식 상태이거나 정신이 온전하지 않을 때가 많기 때문이다.
이런 일을 방지하기 위해서 스스로의 죽음도 생각해 보지만
실패가 두렵고 가족들에게는 세상의 그 어떤 가혹행위보다
잔인한 행동이기 때문에 결단을 주저하는 것이다.

했지만 굳이 침대에 누워서 수술실로 가야 한다는 것이었다.

"할아버지 가족이 없으세요?"

이동침대에 눕자 침대를 미는 조무사가 물었다.

"왜요? 가엾어 보여요?"

"아니요. 그냥……."

"걱정 말아요. 보호자 없는 수술을 평생 했으니까."

나이 탓인가. 아무 일도 아닌 걸 가지고 눈물이 글썽했다.

"너무 걱정하지 마세요. 별거 아니니까요."

너무 예민하고 오랜 세월 가슴에 묻어 왔던 병원에 대한 불신인가. 나는 깜짝 놀랐다. 그렇다. 간호조무사는 나보다 경험이 많을 거다. 그렇다 보니 환자의 병 상태를 어느 정도 파악이 될 것이다. 그러나 병원의 입장에서 보면 실수를 한 거다. 작은 상처도 크게 봐야 하기 때문이다. 그에게 할 말은 아니지만 별게 아니라면 검사는 왜 그렇게 요란하게 하는가. 골절도 아닌데 사진은 왜 가슴까지 찍으며 초음파 심전도는 왜 하는 것인가 말이다. 물론 의사의 입장에서는 정확한 진단과 빠른 처치를 위해서 필수적이라 하겠지만 환자의 입장에서는 돈

과 관계된 일이다. 옛날 같으면 병원에 오지 않아도 될 일이다. 그보다 더한 상처도 화롯재를 한 움큼 뿌리고 걸레로 둘둘 말아버리면 그뿐이기 때문이다.

나는 척추에 철판을 대고 철심을 꽂았어도 3일 만에 퇴원을 하고 고추밭 매고 고추 따고 필요한 일은 다했다.

무릎에 인공관절을 넣고도 일주일 만에 퇴원을 하고 할 일을 다 했다. 누가 들어도 미쳤거나 무식하기 짝이 없다고 하겠지만 나는 안다, 인체는 환경에 적응하는 신비가 있다는 사실을, 그 환경은 자연을 말하는 게 아니라 필요한 것을 만들어간다는 이야기다.

또 하나의 예가 있다.

열네 살 적에 나는 편도선 수술을 받았다. 뿌리가 굳어서 칼이 입안에서 부러져서 가위로 도려냈다. 수술을 끝낸 의사가 '지독한 녀석'이라고 했다. 그리고는 하루 동안 물도 마시지 말라고 했다. 그러나 삼일을 굶은 나는 곧바로 수박 반통을 먹었다. 그리고 다음날 오라는 병원에도 가지 않았다. 아무 탈 없이 병은 나았다.

과학은 인간을 위해서 연구된 학문이며 문명은 그 결과이다. 하면 뿌리가 굳어서 칼이 입안에서 부러져서 가위로 도려냈다.
수술을 끝낸 의사가 '지독한 녀석'이라고 했다.
그리고는 하루 동안 물도 마시지 말라고 했다.
그러나 삼일을 굶은 나는 곧바로 수박 반통을 먹었다.
그리고 다음날 오라는 병원에도 가지 않았다. 아무 탈 없이 병은 나았다.

인간을 괴롭히는 데 악용되어서는 안 된다.

아내는 십년 가까이 투석을 받았고 어떤 병원에서는 몇 년이 넘어도 혈압과 당뇨를 잡지 못하는데 어떤 병원에서는 짧은 시간에 문제가 해결되기도 했다.

이유가 무엇이었을까? 같은 과 같은 전문의라면 같은 학문을 배웠을 것이다. 무엇이 문제였나? 경험이었나? 관심이었나? 성의가 아니었던가 싶다. 여기에 비과학의 진실이 있는 것이다.

내 인생의 이변

*어*디선가 이직移職의 사정 아닌 핑계를 댄 적이 있다. 자신의 성격문제가 아니라 외적인 상황 때문이라고….

회사의 고의적인 부도, 몇 달씩 밀리는 임금, 그리고 살인적인 시설 말이다. 그래도 다행이었던 것은 이직 때마다 공백이 길지 않았다는 사실이다. 거의가 미리 자리를 정해놓고 떠났기 때문이다.

헌데 나는 15일간의 긴 공백이 있었던 적이 있었다. 몇 달씩 직장을 구하지 못한 사람들에 비하면 긴 것도 아니지만 후일 아내의 말에 의하면 그간 정신이 나간 사람 같더라고 했다. 그만큼 나는 놀 수 없는 형편인 데다 성격마저도 느긋하지 못했다. 사실 계산적으로도 노는 것만큼 손해인 것만은 사실 아닌가. 게다가 가장이 집구석에 느긋이 있다는 건 가족에 대한 무책임한 처사이기도 하다.

그런데 행운인지 이변인지 꿈도 꿔보지 못한 회사에 들어가게 되었다. 같은 업종으로는 우리나라에서 두 번째로 큰 회사였고, 그렇다보니 급료 또한 지금까지 받아온 것에 비하면 엄청나게 높았다.

그 대신 사규가 엄격했다. 아무리 능력이 있고 회사에 공이 크고 오래 다녔어도 대학을 나오지 못하면 계장 이상은 승진이 될 수 없다는

같은 업종으로는 우리나라에서 두 번째로 큰 회사였고,
그렇다보니 급료 또한 지금까지 받아온 것에 비하면 엄청나게 높았다.
그 대신 사규가 엄격했다.
아무리 능력이 있고 회사에 공이 크고 오래 다녔어도
대학을 나오지 못하면 계장 이상은 승진이 될 수 없다는 사실이었다.

사실이었다.

그 예가 바로 나의 직속 책임자인 계장이었다. 그는 회사의 창설 멤버중의 하나이며 몇 천 평이 넘는 부지에 얽히고설킨 배관시설을 설계도 없이 읽어내는 사람이다. 그런데도 과장 직함은 주지 않았다. 승진에 누락될 때마다 사표를 냈으나 그때마다 전무가 직접 찾아가서 설득하곤 했다.

그런데도 사규에 예외는 없었고 그 대신 그 부서의 사원 채용만큼은 그의 권한이었다. 수십 톤 되는 보일러를 취급하는 위험직인 만큼 기술과 경력이 우선이었기 때문이다. 인원도 주야 두 반으로 15명씩 30명이었고 그중 한 개 반 반장 자리가 비어 있었는데 국가기술자격증이 있어야만 했다.

그만한 자리에 자격증 있는 사람이 없어서가 아니라 그 반에 오는 반장들마다 견뎌내지 못하고 떠났던 것이다. 이유가 있었다. 그 반의 조장이라는 사람이 자격증은 없는데 그 자리를 탐을 냈던 것이다. 반장 직책수당 때문이었다.

그는 회사에서 알아주는 주먹이었다. 실제로 학익동이라고 하는 곳에 주먹 조직의 일원이기도 했다. 부당한 주먹을 써도 감히 상대하는 사람이 없었다. 개인적으로도 상대할 만한 사람이 없었지만 회사 밖에만 나가면 그의 세상이었기 때문이다. 여기에 기관장인 한 계장의 애로가 있었다. 그를 통제할 반장이 필요했는데 내가 추천된 것이다.

사연이 있었다.

어느날 출근길에 어떤 사람이 불러 세웠다. 좋은 일이 아니라 별로 달갑지 않은 일이었다. 어른을 보면 인사를 할 줄 알라며 바로 옆 건물 지하실로 끌고 들어갔다. 지하실에는 웬만한 체육관만한 운동기구로 가득했다.

"너 저 앞 골목에 있는 종이 공장에 다니지?"

그는 책상 앞 의자에 자기만 앉으며 물었다.

"그런데요?"

나는 뱃이 꿈틀거렸지만 일단은 참아보자는 생각이었다.

"나 경기지구 역도연맹 부회장 박태준이야. 회장은 문정식 형이구."

문정식 이야기가 나오는 바람에 약간 마음이 진정되었다. 그는 아시아 역도선수권 대회에서 금메달을 딴 바 있고 우리나라 최초 원기 어느날 출근길에 어떤 사람이 불러 세웠다.
좋은 일이 아니라 별로 달갑지 않은 일이었다.
어른을 보면 인사를 할 줄 알라며 바로 옆 건물 지하실로 끌고 들어갔다.
지하실에는 웬만한 체육관만한 운동기구로 가득했다.

소 광고모델이기도 했다. 운동하는 사람들이 대개 주먹세계와 가까이 지내듯 그도 그랬는데 그 길이 순탄치 못했다.

힘자랑하다가 교도소 생활도 했고 주먹세계의 생리를 잘 모르고 있었다. 그래서 후배들에게 망신도 당했다. 주먹세계를 세상은 막돼먹은 조직으로 알지만 거기에는 법칙이 있고 고도의 인품이 있는 것이다. 선배를 섬길 줄 알고 후배를 아낄 줄 알아야 존재할 수 있는 것이다.

김두한이 주먹세계의 황제였던 것은 힘만이 아니었다. 고도의 인품이 있었다. 시라소니에게 무릎을 꿇을 만큼 인품과 도량이 있었다.

어쨌든 문정식의 바로 밑에 최승보란 친구를 내가 잘 알고 있었다. 운동이 인연이었다.

"그래? 앞으로 잘 지내자."

그는 손을 내밀었다.

그런 사연이 있었기에 한 계장 그를 찾아갔다.

원래 기관장들 사이에는 연락망이 있지만 박태준과 한 계장과의 사이는 선후배 관계였다.

"그래 진작 찾아오지."

이야기를 들고 난 그는 즉석에서 소개장을 써주었다.

출근 첫날이었다.

주요배관시설 파악을 위해서 조장이 나를 현장으로 안내했다. 그 과정에서 생산과 반장 두 사람을 손찌검했다. 이유는 배관시설에 손을 댔다는 것이다. 물론 생트집이었다.

"어떠십니까. 소감이?"

"조장, 지금 몇 살이요?"

소감을 말하기 전에 그의 나이부터 물었다. 앞으로 써야 할 호칭을 결정하기 위해서였다.

"그래, 나보다 10년 아랜데 말 놓겠다."

그는 스물여덟 살이었다.

"그렇게 하십시오."

"네가 벅차다. 너의 도움이 필요하다."

솔직히 벅찬 건 아니었다. 그를 추켜 줌으로써 내가 인정받지는 게 그를 추켜 줌으로써 내가 인정받자는 계산이었다.
그는 나에게 이미 실수를 했다.
자기를 과시하려 한 것인데 상대에게 손찌검을 한 것은 유치했다.
설혹 그가 생트집을 잡은 대로 배관 밸브를 만졌다면
공손히 부탁을 했어야 했다.

산이었다. 그는 나에게 이미 실수를 했다. 자기를 과시하려 한 것인데 상대에게 손찌검을 한 것은 유치했다. 설혹 그가 생트집을 잡은 대로 배관 밸브를 만졌다면 공손히 부탁을 했어야 했다.

"모처럼 반장님 제대로 만났습니다."

그는 먼저 손을 내밀었다.

"반장님 경비실에서 찾던데요."

야근 첫날이었다.

현장점검을 하고 돌아왔는데 대원 한 사람이 전했다.

"왜요?"

"모르겠는데요."

경비는 감시감독권을 가지고 있는 부서이다. 하다 보니 우월감이 조금 있다.

"찾으셨습니까?"

나는 '신고식이라도 하자는 건가' 하고 경비실로 들어섰다.

"당신 기관실에 새로 온 반장이요?"

"그렇습니다. 부탁합니다."

"이래도 되는 거요?"

그는 경비실 한쪽 바닥에 있는 작업복 점퍼를 툭툭 발로 건드렸다. 병 부딪히는 소리가 났다. 술병이었다. 나는 직감적으로 감을 잡았다. 조장짓이었다. 근무중 어디든 음주를 하지 못하게 되어 있다. 위험물을 다루는 보일러실은 더욱 그랬다. 숨어서 먹어도 안 되는데 순찰경비에게 발각되었다는 것은 분명 음모가 있었다. 더욱이 한밤중도 아니고 초저녁이었다.

나는 작업복을 둘둘 말아 어깨에 메었다. 그리고는 밖으로 나왔다.

"당신 지금 뭐하는 거야!"

"이거 갖다 먹이지 못하면 통솔이 안 돼. 나도 먹고 살아야 할 게 아니야."

어차피 내일 아침이면 해고를 당하든 사표를 내든 책임을 져야 할 일이다. 그렇다면 굴욕스러운 사정을 하기보다는 한 번쯤 기질과 기백을 보여줄 필요가 있었다.

"자 마음대로 마셔!"

기관실로 돌아온 나는 바로 문 앞에다 점퍼를 풀어헤쳤다.

66

어차피 내일 아침이면 해고를 당하든 사표를 내든
책임을 져야 할 일이다.
그렇다면 굴욕스러운 사정을 하기보다는
한 번쯤 기질과 기백을 보여줄 필요가 있었다.

아무도 잔을 들지 않았다.

"책임은 내가 질 테니까."

나는 가까이 서있는 대원에게 종이컵을 내밀었다. 그는 놀란 표정
이었다.

"그럼 내가 먼저 시작하지."

나는 병나발을 불었다.

"반장님 뭐하시는 겁니까!?"

어디서 보고 있었는지 조장이 나타났다.

"너 수준이 이것밖에 안 돼?"

나는 점퍼를 둘둘 말아서 활활 타는 화실에다 집어 던졌다.

인간도 본능적으로 야수 같은 본능이 있다. 물어야 할 상대인지 물
수 없는 상대인지 본능적으로 알게 되어 있다. 그는 그렇게 어려운 상
대가 아니었다. 나를 함정에 빠트리려던 이 사건은 오히려 나를 영웅
으로 만들고 대원들도 조장에게서 방향을 바로잡아 갔다. 그러나 사
건은 엉뚱한 곳에서 터졌다. 산천초목이란 별명으로 알려진 생산과장
과의 충돌이었다. 그는 부산에 있는 동명목재라는 합판회사에서 스카

웃해 온 인물로 윗선의 울타리도 든든했지만 본인의 성격 또한 거친 편이었고 그의 명령에 아니요는 없었다.

주간으로 돌아온 어느 날이었다.

인수인계도 끝나지 않은 아침, 생산과장이 찌퍼실에서 찾는다고 했다. 찌퍼라는 어원이 어디에서 왔는지 모르지만 우리말로는 합판제작 부산물을 분쇄하여 보일러에 직접 공급하는 기계실이다. 여기의 기계가 고장나면 현장은 올 스톱하게 되어 있다. 부산물 처리를 못하면 다른 기계도 움직일 수 없기 때문이다.

"이거 왜 안 돌리나?"

"수리 중입니다."

나는 모터가 없는 것으로 보아 수리중인 것을 직감했다.

"빨리 돌려!"

"알겠습니다."

나는 공무과로 발길을 돌렸다.

"야! 이거 돌리라는데 어딜 가는 거야."

그는 대뜸 반말이었다.

인수인계도 끝나지 않은 아침, 생산과장이 찌퍼실에서 찾는다고 했다.
찌퍼라는 어원이 어디에서 왔는지 모르지만
우리말로는 합판제작 부산물을 분쇄하여 보일러에 직접 공급하는 기계실이다.
여기의 기계가 고장나면 현장은 올 스톱하게 되어 있다.
부산물 처리를 못하면 다른 기계도 움직일 수 없기 때문이다.

"보시다시피 모터가 없지 않습니까?"

"이거 말이 많군!"

그는 발길질 자세로 한 발짝 다가섰다.

"과장님 사원들이 내다보고 있습니다."

소음과 먼저 관계로 지붕만 덮은 구조건물이기에 사면에서 볼 수
있었다.

"이거 안 되겠군!"

과장은 나의 멱살을 잡으려 했다. 순간 한 발 물러선 나는 웃통을 벗
어 땅바닥에 패대기를 쳤다.

"우와! 우와!"

이때 창문에 매달린 얼굴들이 여기저기서 탄성이 아닌 야지를 던졌
다. 그렇지 않은가. 인간은 강자 위에 강자가 기다려지는 심리.

"당신 내 몸에 손만 대면 이 손가락을 모가지에 꽂아 버릴 거야!"

나는 손가락을 그의 턱밑에 갖다 댔다. 성질을 자제하지 못하는 성
격인 데다 평소 들어오던 말이 있어 영웅심이 발동했다. 후회는 나중
이었다.

"조 반장 무슨 짓이야!"

이때 기관장이 달려오며 소리쳤다.

"과장님 제가 사과드립니다. 용서하십시오."

기관장은 전후 사실을 알아보지도 않고 사과부터 했다. 그래야만 세상에 살아남을 수 있다는 사실을 알면서도 나는 그것이 되지 않았다.

내 인생에서 어머니에 대한 후회 말고 가장 후회되는 사건이다. 그곳에서 내가 정년을 채웠더라면 지금 이렇게 살지는 않을 것이다. 지고도 이긴다는 말의 의미는 알면서도 실천하지 못하는 성격이 원망스럽기도 하다. 성질이 나면 판단능력을 잃는 것이 내 인생의 실패의 원인인 줄 알면서도 닥치고 나면 또 잃어버리는 것이 아무래도 정신에 문제가 있는지도 모르겠다.

이길 수 있는데도 지는 것을 보면 참으로 멋이 있다고 생각하면서도 말이다.

한 번만이라도 멋있어 보고 싶다.

못 먹는 감

못 먹는 감 찔러 보는 격인지도 모르지만 내가 국무총리 후보자 아무개라면 주저하지 않고 사퇴를 하겠다. 애초에 이런 저런 사정으로 사양하지 못했다면 명분이 생기지 않았는가. 으레 그런 거지만 반대의 목소리 말이다. 어떤 사안이든지 백퍼센트 찬성은 없다. 서로 생각이 다르기 때문이다. 그래서 다수결이란 게 생기지 않았는가. 물론 소수의 견해가 옳을 수도 있다. 그러나 원칙을 정해 놓았으니 어찌하겠는가?

어쨌든 반대의 목소리 말고도 시국이 시국인 만큼 "나로 인해서 여야간 갈등이 증폭되고 국민들의 분열이 일어나는 것을 원치 않는다. 진정으로 국민들이 화합하고 여와 야는 오로지 국가의 번영과 안위만을 위해서 노력해 주기를 바란다." 짧으나 이런 성명쯤 내고 말이다. 영향을 줄 수 있는 사람의 말 한 마디는 세상을 감동시킬 뿐만 아니라 역사에도 남는다.

어떤 언론에서는 국회의장과 국무총리의 의전상의 서열을 문제 삼기도 하지만 나의 생각은 다르다. 과거에 금송아지를 탔던 말았던 그건 중요하지 않다. 현실이 중요하다. 화려한 명예를 가졌던 사람이 쓰레기를 줍는 경우도 있다. 생존을 위해서가 아니라 봉사하기 위해서이다. 세상은 그를 더 존경하고 있다. 마찬가지로 과거의 서열이 어떻든 자기가 필요하다고 하면 그건 권력이 아니라 국민들의 분열과 여야의 갈등을 막아주는 애국의 길이다.

그런 당신은 그런 위치에서 그런 제안이 왔을 때 그럴 수 있느냐는 반문 아닌 비난을 할 수도 있다. 하지만 나는 그에게 법무부 교정국을 찾아가서 1976년 석가탄신일 기념일에 무기수로서 4년 5개월 20일이란 대한민국 교정 역사상 유례가 없는 기록을 세운 자가 누군가를 찾아보라고 말하고 싶다.

그가 도대체 교도소에서 무슨 일을 했길래 모범자로, 공로자로 가석방이 되었겠는가. 그는 흔히 말하는 돈도, 백도 없고, 더욱이 배운 것도 없는 사람인데 군 장교 출신이나 공무원 출신, 그리고 자유당 시절엔가, 민주당 시절엔가 치안국장을 지낸 서정학이란 사람과 같이 사회적으로 지위가 높았던 사람들이 갈 수 있는 경비 중대장 자리로 갔다. 교도소가 들썩거릴 만큼 획기적인 일이었다. 교도소 안에서 경비라 하면 일반 사회의 경찰과 같은 업무와 권한을 가진 자리다.

화려한 명예를 가졌던 사람이 쓰레기를 줍는 경우도 있다.
생존을 위해서가 아니라 봉사하기 위해서이다.
세상은 그를 더 존경하고 있다.
마찬가지로 과거의 서열이 어떻든 자기가 필요하다고 하면
그건 권력이 아니라 국민들의 분열과 여야의 갈등을 막아주는 애국의 길이다.

일반사회에서도 권력기관은 부정부패가 먼저 떠오른다 하듯이 교도소에서의 경비는 그 이상이 다 불만과 원성이 높았지만 아무도 나서지 못했다. 감수장을 할래? 경비대장을 할래? 하면 약간 풍자적이긴 하지만 경비대장을 한다고 할 만큼 그 자리는 대단했다. 엄청난 용기와 신념이 필요했다. 이해관계가 있는 중간 간부들의 압력이 거셌다. 그는 옷을 벗을지언정 부정에 협조하고 굴복할 수 없다고 맞섰다. 재소자들에게 대인기였다.

'중간 간부들의 부정이란 일요일마다 있는 테니스 오락에 음료수를 제공하는 일인데 그것은 상당한 부담으로 재소자들을 보이지 않는 손으로 갈취하는 행위다.'

따라서 경비들의 업무에 자발적인 협조를 했다. 자연적으로 범칙행위들이 사라졌다. 제일 중요한 것이 흡연문제였다. 그것을 윗선에서 알았다. 그는 대원 80명을 인솔하여 삼성전자와 제일모직 그리고 자연농원을 견학까지 했다. 교도행정에 최초의 일이었다. 이만하면 무슨 일을 주어도 해낼 수 있다고 믿어도 되지 않겠는가.

뿐만 아니라 그는 출감 후 작은 회사지만 10년 20년 경력자들도 해

내지 못한 일을 함으로써 공장장까지 되었다. 그는 일 년 만에 그 자리를 미련 없이 내놓았다. 애초부터 조건부 수락이었지만 그는 싫으면 권력이나 돈 같은 것에 미련을 두지 않는 성격이었다. 본사의 간부와 갈등이 있었을 때 회장으로부터 당장 해고하라는 명령을 받았지만 사장은 회사를 포기하면 했지 그 사람은 포기할 수 없다고까지 했다.

　사장은 그에게서 무엇을 보았을까? 그의 철학적 도덕적 인생관과 책임에 목숨을 거는 기질과 신념과 진실을 보았다. 확인할 수 없는 36년 전의 일을 과장한다고 하겠지만 '중앙제지' 라고 하는 그 회사는 아직 살아있다. 얼마 후 사장은 동생으로 바뀌었고 새로 온 사장과의 갈등으로 원하지 않는 퇴사를 했지만 새로 온 사장도 그를 통솔의 천재요, 설득의 천재라고까지 했다. 생산품 불량으로 거래처가 끊어지면 그가 가서 오히려 주문을 받아왔고 무엇보다도 회사가 어려운 일을 당했을 때 그가 나서서 해결하기도 했다.

　하나는 개인적으로 놀러갔다가 익사한 사건인데 가족들은 회사가 책임지라고 아우성이었다. 물론 장례비 보상비 문제였다. 여기에 그가 보내져 한 마디로 책임질 수 없다고 용기 있게 말했다. 유족들이

애초부터 조건부 수락이었지만 그는 싫으면
권력이나 돈 같은 것에 미련을 두지 않는 성격이었다.
본사의 간부와 갈등이 있었을 때 회장으로부터 당장 해고하라는 명령을 받았지만
사장은 회사를 포기하면 했지 그 사람은 포기할 수 없다고까지 했다.

흥분한 상태였다.

회사의 공적인 업무나 하다 못해 경비라도 줘서 보낸 물놀이였다면 당연히 책임을 지지만 개인적인 물놀이사고까지 책임질 수 없다고 했다. 따라서 도덕적으로는 애도의 뜻을 함께 한다고 했다. 장례 후 유족 대표가 그에게 대단한 용기와 결단에 경의를 표한다고까지 했다.

또 하나는 종이 원료 탱크에 두 사람이 빠져서 익사한 사건인데 물론 회사가 책임졌다. 허나 여기에 회사와 수사경찰관과의 이견이 있었다. 경찰은 시설미비에 의한 가스 질식사라고 했고, 회사는 본인들의 실족 익사라고 했다. 여기에 바로 회사를 대신해서 그가 나섰다. 두 가지 중 어느 것이든 결과는 크게 달라지기 때문이다. 진실은 부검에서 밝혀졌다. 익사였다.

만일 가스 질식사라면 사체를 꺼내려 탱크에 들어간 그도 죽었어야 했다. 그러면서도 사장과 갈등문제가 있었던 것은 임금문제였다. 그는 공로상과 제안상으로 사무직 부장과 같은 임금을 받고 있었다. 임금체제가 잘못됐다면서 그의 임금을 깎아내렸다. 그는 자신이 이뻐서 그냥 준 것이 아니라 노력의 대가라면서 계속 원상복귀를 주장했다.

사장은 끝내 굽히지 않았다.

인간 세상, 인간생활 거기서 거기일 뿐 별게 아니다. 간혹 특별한 사람도 있지만 대개는 제도가 만들어 줄 뿐이다.

자기 업무에 전문지식이 있다면 좋겠지만 필요한 지식은 보좌관이 있지 않은가. 대통령이 그렇게 많은 전문지식을 가지고 있는 게 아니지 않은가.

우두머리는 올바른 역사관과 정직한 판단력과 아랫사람에게 존경받는 도덕성만 있으면 된다. 솔직하고 진실한 인간성 말이다. 들어서 아는 일이지만 고 노무현 대통령이 지방 이장인가 통장인가 하는 사람을 장관시켰다고 하는데 업무능력이 부족했다는 말은 듣지 못했다.

아무튼 못 먹는 감 찔러 버리는 심술이 아니고 시국에 대해서 관심이 있기에 이 구석 저 구석을 살펴본 것이다.

나는 정치의 속성은 모른다. 그러나 이휘소 박사처럼 물리학은 하지 못했지만 힘의 논리는 안다. 우리가 왜 일본의 침략을 받았는지 일본이 왜 미국에게 항복을 했는지…….

욕심

'욕심' 하면 부정적인 이미지부터 떠오른다. 그러나 욕심이 나쁜 게 아니다. 참 좋은 것이다. 필요한 것이다. 코미디 퀴즈 같은 말로 해석될지 모르지만 욕심은 행복의 원천이다. 노후대책의 기반이다. 국가든 개인이든 욕심이 없다면 발전도 없다. 흔히 하는 말들이 마음을 내려놓으면 행복하다고 하는데 있으면 있는 대로 없으면 없는 대로 사는 것을 의미한다면 잘못된 생각이다. 미움과 원망 같은 종교적인 의미도 포함되어 있겠지만 대개는 물질에 대한 욕심을 갖지 말라는 말인데 그것은 자기 무능에 대한 핑계이거나 체념의 의미다.

부모에게 집 한 채 물려받은 젊은 부부가 있었다. 그들은 집을 팔고 전세로 갔다. 얼마 후 전세를 빼고 월세로 갔다. 생활을 위해서였는데 이게 바로 무능이요, 욕심이 없기 때문이 아닐까.

나는 가난하지만 아내는 부자다. 이렇게 말하면 아내가 따로 가지고 온 재산이라도 있는 게 아닐까 하고 오해할지 모르지만 그건 아니고 나는 죽도록 돈을 벌었지만 모을 줄은 몰랐고 아내는 죽도록 모았다는 이야기다.

아내는 쓰레기통에서 주워다 준 치마를 27년 동안이나 입을 정도로

아끼고 모았다. 건전한 욕심이었다. 내가 회사생활을 하면서 연장근
무, 휴일근무를 자청해서 하고 그것이 없으면 산동네 연탄배달을 했
던 것은 아내의 건전한 욕심을 충족시키기 위해서였다. 결국 주머닛
돈이 쌈짓돈이 아니겠느냐고 하겠지만 그건 아니다. 아내의 가슴에
있는 돈은 내 손에 있는 돈과 같지 않다. 쓰자면 동의를 얻어야 하고
명세서를 제출해야 하지 않는가. 돈을 한 번 얻어 쓰자면 얼마나 말하
기 망설여지고 미안한가. 남기고 죽으면 어차피 남의 것 되는데 즐기
며 살자고 하면 돈은 안고 죽어야 바로 쓰는 것이란다. 그래야 자식에
게 짐이 되지 않는 거란다. 그리고 돈은 사랑하는 남편보다, 자식보다
도 든든한 보호자란다. 병들면 돈 없는 가족은 보호자가 될 수 없지만
돈은 가족 대신 보호자가 된단다.

　내 나이 80으로 자신을 간병하는 요양보호사인데 거기에서 일정액
용돈을 요구한다. 저축하기 위해서이다.

　욕심이 사회적으로 문제가 되는 것은 법적으로 도덕적으로 하지 말
라는 짓들을 하기 때문이다. 남에게 피해를 주기 때문이다. 남의 입학
자리를 빼앗는다던가, 취업 자리를 빼앗는다던가, 그런 것 말이다. 고

욕심이 사회적으로 문제가 되는 것은
법적으로 도덕적으로 하지 말라는 짓들을 하기 때문이다.
남에게 피해를 주기 때문이다.
남의 입학 자리를 빼앗는다던가, 취업 자리를 빼앗는다던, 그런 것 말이다.
고위공직자 청문회 때마다 문제가 되는 것 말이다.

위공직자 청문회 때마다 문제가 되는 것 말이다.

KBS에서 취재해 온 바도 있지만 서구 어느 나라에선 국회의원이 결석을 하면 그만큼 임금이 지급되지 않는다고 했다. 그러나 우리는 어떤가? 회의중에 빈 의자가 반도 넘을 때가 있다. 그래도 세비는 다 받아간다. 그뿐인가. 축적으로 보면 노후보장은 다 되어 있는데도 연금법도 만들지 않았는가. 잘못된 욕심 때문이다. 욕심은 체면도 인격도 양심도 없다.

재벌들 2세 재산 싸움하는 것도 옳은 욕심이 아니다. 선대가 땀 흘려 벌어 놓은 재산을 무슨 염치로 제 것이라고 하는가. 기여한 것을 주장한다면 한 것만큼만 차지하면 되지 않는가. 나머지는 모두 회사에게 준다. 그래도 자기 것이다.

'김연아, 손흥민 같은 선수가 아무나 될 수 있는 게 아니다.'

어느 스포츠 평론가가 자녀들 무리하게 운동선수를 만들려는 학부모들의 욕심을 두고 한 말이다.

'성폭행이냐? 성상납이냐?'

어느 감독과 학부모간에 있었던 혈전을 두고 한 말이다. 그렇다. 자녀의 능력과 자질에 따라 본인이 좋아하는 것을 하도록 하는 것이 아이의 행복이다.

잘못된 욕심이 어디 이것뿐인가. 근로자 임금을 고의로 떼어먹거나 상습적으로 부도를 내고 고발이라도 하면 지능적으로 지쳐서 포기하도록 하는 것은 기업들의 악질적인 욕심 때문이다.

노동청, 검찰청, 법원 출석에다 몇 차례의 유찰을 하다 보면 대개는 포기하고 자빠진다. 그것을 노리는 업주들이 얼마나 많은가. 그걸 모르는 행정당국도 문제가 아닐 수 없다.

법원에 쫓아다니기 위해서 결근 몇 번 하다 보면 인식도 좋지 않을뿐더러 언젠가는 잘리게 마련이다.

물론 우리나라 기업들이 다 그렇다는 것은 아니다. 사원을 가족처럼 아끼는 기업도 많다. 그 덕에 굶지 않고 사는 근로자들이 더욱 많다.

대우그룹 김우중 회장의 말로가 세상에 떳떳치 못한 점도 있었지만 그는 국가경제 발전에 공이 컸던 것만은 사실이다. 그는 얼마나 일에 열중했나. 중동 근로자 가족들에게 그늘막 하나 배려하지 못한 관련

노동청, 검찰청, 법원 출석에다 몇 차례의 유찰을 하다 보면
대개는 포기하고 자빠진다. 그것을 노리는 업주들이 얼마나 많은가.
그걸 모르는 행정당국도 문제가 아닐 수 없다.
법원에 쫓아다니기 위해서 결근 몇 번 하다 보면
인식도 좋지 않을뿐더러 언젠가는 잘리게 마련이다.

이사를 해고하기도 하고 수많은 장학생을 길러내기도 했다. 그런가
하면 딸의 결혼식과 아들의 장례식 이틀밖에 평생 휴가를 한 적이 없
다고 했다.

　본말은 아니지만 그런 의미에서 일하지 않는 젊은이들에게 수당을
준다는 것은 잘못이다. 국가가 잘못해서 실업자를 양산했다는 반성과
책임감은 좋지만 잘못된 의식은 바로 잡아주어야 한다. 청년들에게
일자리가 없는 게 아니다. 올려다보기만 하기 때문이다. 지금 외국인
들이 차지하고 있는 일자리가 모두 우리의 것이며 청년들의 것이다.

　누구나 좋은 일자리를 원하는 건 상식이며 본능이다. 그러나 기다
릴 것이 아니라 찾아가야 하고 우선 무슨 일이든 일을 하면서 찾아야
한다. 누군가 나의 생각이 세대차라 할지도 모르겠지만 먹고 싸는 데
는 세대차가 있을 수 없다. 늙은이들의 경험은 학문이고 진리다.

　내가 아는 30대 청년이 있었다. 그는 일요일에도 일하는 날이 많았
고 추석과 설 명절에도 딱 하루씩만 쉬는 것을 보았다. 그는 대학을
나오지 않았지만 월 6백만 원을 넘게 번다고 했다.

　2019년 현재 목수, 미장, 조적, 철근, 기능공들의 일당이 22만원에서

23만원이고 보면 터무니없는 과장이 아니다. 그는 위험물 취급 자격증이 있는 데다 설비자격까지 겸하고 있다. 그는 처음부터 기사가 아니었다. 조공에서부터 시작했다.

나는 퇴직 후 4년 동안 건설현장에서 잡부 일을 한 적이 있다. 한 달 수입이 회사 때보다 많았다. 공치는 날이 없었다. 비결은 결근하지 않고 현장에서 무슨 일이든 최선을 다했기 때문이다. 그때 나는 아내에게 월수입을 기준으로 연 400% 보너스까지 주었다. 남들이 하지 않는 연장 작업에서 얻은 수입이었다. 아내는 입이 벌어지며 감사하고 수고했다고 했다. 나는 그 바람에 더욱 신이 났다. 그렇지 않은가. 인간은 인정받는 맛에 사는 것.

내 나이 여든인 지금 누가 일을 시키면 감사할 뿐이다. 일당은 내가 정한다. 농촌 일꾼 일당이 12만원이라고 하는데 나는 3만원을 받는다. 나 스스로 능력이 그것 밖에 안 된다고 생각하기 때문이다. 그래야만 또 일거리를 얻을 수 있다.

나에게 일이란 살아있다는 기쁨인 동시에 아내에겐 행복이다.

욕심을 갖자. 건전한 욕심을, 이런 욕심 어떨까.

비결은 결근하지 않고 현장에서 무슨 일이든 최선을 다했기 때문이다.
그때 나는 아내에게 월수입을 기준으로 연 400% 보너스까지 주었다.
남들이 하지 않는 연장 작업에서 얻은 수입이었다.
아내는 입이 벌어지며 감사하고 수고했다고 했다.
나는 그 바람에 더욱 신이 났다.

비록 TV를 통해서 아는 것이지만 세계문화유산을 보면 그 웅장하고 섬세한 조각품들을 보면 놀랍기도 하지만 욕심도 생긴다. 일 년에 수백만 수천만이 다녀간다는 문화유산의 관광 말이다.

죽은 진시황이 15억 산 중국인을 먹여 살린다는 말이 있다. 만리장성을 두고 한 말이다. 우리도 후손에게 그런 유산 하나 남기면 어떻겠는가. 인천에서 강릉까지 뱃길을 내는 것 말이다.

나의 첫사랑과 짝사랑

'첫 사랑과 짝사랑.'

어디서 많이 듣던 말이다. 한 번쯤 경험이 없는 사람은 없을 것이다. 그러기에 글을 쓰는 사람이라면 거의가 한 번쯤 짚고 넘어가는 추억이기도 하다. 사실 짝사랑이 되었든 이룬 사랑이 되었든 사랑은 인간의 전부이기도 하다. 사랑으로 시작해서 사랑으로 끝나는 게 인생일지도 모른다. 비단 이성간의 사랑, 부부간의 사랑만이 아닌 자식 간의 사랑도 있고 심지어는 일 사랑도 있지 않은가.

사람마다 생각이 다르겠기에 해석도 다르겠지만 아마도 나는 사랑이란 말뜻을 잘못 해석하는지도 모르겠다.

배우자가 있고 자식들까지 있는 여자가 첫사랑의 이야기를 서슴지 않고 하는 것을 보면 충격적이다. 떳떳하게 말하는 것을 보면 도덕적으로 결백하다는 말이다. 다시 말하면 통념도 그렇지만 나의 생각도 서로 사랑했으나 어떤 연유로 헤어질 수밖에 없었던 경우를 말한다. 속된 말로 사랑했다면 남녀 간에 있을 수 있는 일은 다 있었을 거란 말이다.

그런데 대중 앞에서 떳떳이 말하는 걸 보면 혹시 짝사랑을 말하는

배우자가 있고 자식들까지 있는 여자가 첫사랑의 이야기를
서슴지 않고 하는 것을 보면 충격적이다.
떳떳하게 말하는 것을 보면 도덕적으로 결백하다는 말이다.
다시 말하면 통념도 그렇지만 나의 생각도 서로 사랑했으나
어떤 연유로 헤어질 수밖에 없었던 경우를 말한다.

게 아닌가 싶다. 짝사랑은 말 그대로 일방적으로 사랑한 그야말로 애달픈 사랑이기 때문이다. 짝사랑은 영원한 그리움이다. 순수하고 숭고한 감정이다.

나에게는 짝사랑이 두 번 있었다.

하나는 누구나 가질 수 있는 사춘기 때 나를 많이 도와준 누나였다. 나보다 네 살이나 위였고 그는 군인들이 많은 일선지구 전우다방이란 곳에서 일하고 있었다.

나는 같은 주인이 하는 전우식당에서 잔일을 하고 있었는데 누나는 냇가에서 길어오는 물과 난로에 때는 장작 심부름을 시키곤 했다. 그리고는 건빵도 주고 유과도 주고 군인 내복도 주었다. 얻어먹는 재미보다 누나가 좋아서 나는 열심히 했다. 물론 길어오면 손을 녹여주고 커피라고 하는 달작지근한 물을 주기도 했는데 그 맛이 참으로 희한했다.

그러자 누나는 송 상사라는 헌병과 살림을 차렸고 나는 그 살림집까지 다니며 누나를 도와주었다. 사실은 내가 더 도움을 받았다. 그때

는 나도 어머니도 식당을 떠나서 가까운 광산에 다닐 때였는데 누나
는 통조림도 주고 그 귀한 자반고등어도 주었다.

그런데 어느날 가보니 누나는 어린 아기와 함께 냉방에서 지내고
있었다. 부엌에는 냇가에서 꺾어다 놓았다는 쑥대와 갈대가 조금 있
었을 뿐이었다. 애기아빠 송 상사라는 사람이 제대 후 소식을 끊었던
것이다. 나는 어머니에게 이 사실을 알리고 겨울동안만 집에 와서 보
내기로 했다.

일을 마치고 돌아올 때면 산모퉁이에서 아기를 안고 누나가 기다려
주었는데 웬지 가슴이 뛰었다. 누나는 광산마을에서 제일 예뻤고 일
안 하고 노는 가겟집 형이 나에게 노래를 가르쳐준다며 기타를 들고
오곤 했다. 기타는 마을에서 하나뿐이었고 노래는 '산장의 여인' 이었
다. 누나는 어느날 우리가 길어다 먹는 샘가에서 이 노래를 부르며 울
고 있었다. 가겟집 라디오에서 흘러나오는 노래보다 더 잘 불렀다.

나는 문득 누나가 불쌍한 생각이 들었다. 위로의 방법을 찾지 못했
고 내가 누나에게 장가를 가면 어떨까 하는 생각이 들었다. 누나가 내
각시가 되는 것과 내가 누나에게 장가를 가는 것이 어떻게 다른지 모

나는 문득 누나가 불쌍한 생각이 들었다. 위로의 방법을 찾지 못했고
내가 누나에게 장가를 가면 어떨까 하는 생각이 들었다.
누나가 내 각시가 되는 것과 내가 누나에게 장가를 가는 것이
어떻게 다른지 모르지만 누나가 오는 게 아니라
내가 가는 게 예의라는 생각이 들었다.

르지만 누나가 오는 게 아니라 내가 가는 게 예의라는 생각이 들었다.
아마도 무의식 속에 성차별이 있었던 모양이다.

　그러나 감히 고백하지 못했다. 아이가 있는 연상의 여인이라는 점
보다 버릇없는 놈이라고 야단을 맞을 것만 같았다. 신분상으로 나는
광부지만 누나는 천사였다.

　몇 달이 지났다. 봄이 왔다. 앞산에 진한 진달래가 피기 시작했다.
뒷산에도 진달래는 피는데 앞산만큼 진하지 않았다. 진달래는 왜 양
지보다 음지에 많이 피고 색깔이 진할까? 궁금하기도 했다. 지금 생각
하면 생태일 뿐 아무것도 아닌데 나는 자꾸만 의미를 생각했다. 배가
고파서 떡국을 훔쳐 먹다 시어머니에게 들켜서 떡국이 목에 걸려 죽
은 며느리의 혼이 뻐꾹새(원래는 떡국새)가 되었다는 전설과, 친정으
로 쫓겨 가던 며느리가 굶어죽은 자리에 났다는 질경이와 같은 전설
을 떠올렸다. 이루지 못한 남녀의 피눈물이라고 그런 전설이 있을 법
한데 없는 게 너무 아쉽다.

　그러던 어느날 산모퉁이에서 기다려줄 누나가 보이지 않았다. 급히
집으로 갔지만 집에도 없었다. 샘가로 갔다. 거기에도 없었다. 헌데

물동이 하나 가득히 진달래가 꽂혀 있었다. 나는 울컥 눈물이 났다. 가슴이 텅 비었다. '산장의 여인' 을 부르던 누나가 자꾸만 떠올랐다. 한 동안 외로웠다. 보고 싶었다. 그리운 건 지금도 마찬가지다. 팔십이 넘은 할머니의 모습이 아니라 그때 그 모습 그대로일 것만 같다. 후일 어머니가 말씀하셨다. 나 없을 때 떠나라고.

아마도 소개로 만난 나의 첫사랑 지금의 아내에게 한눈에 반한 것은 누나를 닮은 데가 있었지 않은가 싶다.

이제 두 번째 짝사랑의 이야기를 들어보자.

같은 직장 경리사원이었는데 내가 직장을 옮기고 얼마 안 되어 그도 퇴사를 했다. 원하지 않는 퇴사였다. 그는 모멸감에 정신적으로 매우 방황하고 있었다. 가여웠다. 위로가 필요했다. 자기를 인정해 주는 상대가 필요했다. 그래서 시간이 나는 대로 등산도 다니고 유원지도 다녔다. 내 경험으로 등산은 사람의 마음을 안정시켰다. 새로운 의욕을 주었다.

유원지는 나도 그 무엇에 동참하고 있다는 자부심을 주었다. 나는 내가 직장을 옮기고 얼마 안 되어 그도 퇴사를 했다.
원하지 않는 퇴사였다. 그는 모멸감에 정신적으로 매우 방황하고 있었다.
가여웠다. 위로가 필요했다. 자기를 인정해 주는 상대가 필요했다.
그래서 시간이 나는 대로 등산도 다니고 유원지도 다녔다.

깜짝 놀랐다. 어느새 내가 위로를 받고 있었다. 헤어지기 섭섭하고 돌아서면 이내 보고 싶었다. 불순한 생각이라고 자책했지만 설레임은 더해만 갔다.

나는 그때 알았다. 남자와 여자 어떤 신분이든 자주 만나면 가까워지고 가까워지면 사랑하고 싶다는 본능을, 그러나 사랑은 고백해야 사랑인데 그럴 수가 없었다. 도덕적으로 문제가 된다는 생각 이전에 그에게 상처를 주어서는 안 된다는 그야말로 진정하고 순수한 사랑이었다. 다시 말하자면 '내가 어디가 부족해서 이런 늙은이에게 고백을 받아야 하나' 하는 그녀의 열등감 말이다.

한편으로는 위선적인 체면도 있었다. 비교적 여자문제에 관한한 통속적인 사고방식을 초월했다는 인식을 주어온 나다. 그런데 똑같은 속물로 전락하고 싶지 않았다.

우범지대 뚝방을 보호하고 지날 때 '나도 남자인데 무섭지 않으냐' 고 했을 때 그는 오히려 팔짱을 깊이 끼며 '아저씨라면 어디든 무섭지 않다' 고 했던 그였다. 그런 그녀에게 어찌 실망을 안길 수 있겠는가.

그녀는 황홀할 만큼 예뻤다. 아내도 '같은 여자지만 안아보고 싶은 여자' 라고 극찬을 할 만큼.

여자는 신비스러운 존재다. 어떤 화가도, 어떤 조각가도 여자의 마음까지 그려낼 수 없다. 여자의 마음을 그려낼 수 있는 사람은 오직 여자가 사랑하는 남자만이 가능하다.

그녀는 결혼했다. 나는 억지로 전화마저도 끊었다. 남편으로 하여금 오해의 소지가 있어서는 안 되기 때문이었다.

《정으로 그리움으로》란 네 번째 나의 시집은 그녀를 두고 부른 노래이다.

그 험한 등산길에 손 한 번 잡아주지 못한 게 오히려 순수하지 못했다는 생각이 든다.

엄마의 마음으로

시대를 따라가고 흉내 내는 것만이 지식인이요 현대인은 아니라고 본다.

사회적으로 이름이 알려졌든 알려지지 않았든 지식인이라고 하면 잘못된 것을 비판하고 계도하려는 정신을 행동으로 나타내야 한다고 본다. 나같은 사람이야 그런 모임에 낄 자격도 없지만 어쩌다 잘못해서 그런 데 끼었다가 매우 곤란한 일을 겪을 때가 있다. 그것은 손녀뻘이나 됨직한 아가씨와 그 할아버지뻘 되는 점잖으신 노인이 주고받는 담배다.

세상이 이렇게 변했는데 나만 변하지 않은 건지 모르지만 한때 세상을 떠들썩하게 한 미투사건만 하더라도 그렇다. 분노하지 않을 수 없으며, 남자로서 부끄럽지 않을 수 없으며, 그 결과에 대해선 더욱 그렇다. 법원 판결 말이다. 이건 용두사미가 아니라 미꾸라지 꼬리다. 오히려 피의자는 적반하장賊反荷杖이다.

아무리 가재는 게 편이라지만 너무 노골적이다.

혹자는 1950년대에 있었던 강간 판례를 들먹이지만 이건 재판보다도 더한 편파적이다.

그 재판은 이랬다.

가해자인 남자가 술병을 들고 피해자인 여자가 젓가락을 들고 좌우로 흔드는 병에 젓가락을 꽂는 것이었는데 결국 꽂지 못했다. 판결의 요지는 여자가 저항하지 않았다는 것이었다. 여기에서 빠진 설명이 있다. 다른 한 손으로 흔드는 병을 잡고 꽂으면 될 수 있는 일이었다.

그렇다. 계급의 상하관계는 위압이라는 또 하나의 손이 있으며 생존의 상황이란 올무가 있다.

"그런 당신은?"

양심에 호소해서 현실의 분위기에 맞지 않는 말을 할 때 상대가 던지는 말이다.

많은 독자를 가진 건 아니지만 주변에 눈이 있기에 나는 거짓말을 할 수 없다. 그래서 하는 말이지만 여성 문제만큼은 바보에 속한다. 이건 내 말이 아니라 주변 사람들의 말이다. 사실 나는 남녀 문제에 관해서만은 끼어들고 싶지 않다. 상황 따라 입장 따라 각기 다른 생각을 할 수 있는 것이니까. 그러나 가끔 술자리에서 있었던 일은 이야기할 수 있다.

가해자인 남자가 술병을 들고 피해자인 여자가 젓가락을 들고
좌우로 흔드는 병에 젓가락을 꽂는 것이었는데 결국 꽂지 못했다.
판결의 요지는 여자가 저항하지 않았다는 것이었다.
여기에서 빠진 설명이 있다.
다른 한 손으로 흔드는 병을 잡고 꽂으면 될 수 있는 일이었다.

우리네 술자리 문화는 어떤가?

조금 서먹한 사이라도 술잔이 오고 가는 건 상식이 아닌가. 그러나
나는 여성들에게서 잔을 받아본 일이 없다. 그래서 상대로 하여금 무
슨 이유라도 있느냐고 질문을 받기도 한다.

그러면 나는, '남녀 동등한 권리를 위해서' 라고 대답한다.

지식이 아니라 상식이지만 여성들에게 술을 따르게 하는 풍습은 조
선시대에 관료들이 기생을 앉혀놓고 즐기던 때의 전통이 아닌가 싶
다. 하면 남자들의 정서 속에는 성차별의 의식이 숨어 있다고 본다.

같은 값이면 다홍치마라고 술 이름조차도 옛날 기생의 이름을 좋아
하는 예가 바로 그것이라고 믿고 싶다.

최소한 음주 문화에서부터 남녀 동등한 권리가 인정된다면 오늘날
과 같은 성추행이니 성폭행이니 하는 사건들이 많이 사라지지 않을까
하는 생각이 든다.

공자님 술 취해서 하는 말이라고 비웃겠지만 나는 오늘날 여성들이
가정을 지켜야 하고 생활의 보탬을 위해서 직장을 가져야 하는 현실
에 대해서 매우 안타깝게 생각하며 미안하게도 생각한다. 내가 위선

적인 말을 하는 것인지 아니면 진실을 말하는 것인지 증인은 내 아내다.

아내는 평생 가정이라는 울타리 안에서 징역살이 시켰다고 불만할 때가 많다. 여성들이 직업전선에 나가지 않았다면 오늘날과 같이 성 문제로 사회가 시끄럽지는 않았을 것이다.

특정 사건과 특정인을 찍었다가는 어떤 덫에 걸릴지 몰라서, 신문 기사를 앞에다 세우고 하는 말이지만 고위 공직자들만이 아니라 모든 남성들의 여성에 대한 의식수준은 암벽이다. 아니 금방 정정하지만 일부다.

문제가 됐던 사건들의 주인공들은

"부끄럽다!"

"미안하다."

"반성한다" 해 놓고 나중에는 "위압이 아니라. 합의에 의한 것이다" 하고 사건만이 아니라 양심까지도 인격까지도 법리라는 방패로 보호 하고 있지 않은가.

도덕과 법은 별개의 문제라고 한다면 할 말은 없다. 아무리 재판 거

여성들이 직업전선에 나가지 않았다면
오늘날과 같이 성문제로 사회가 시끄럽지는 않았을 것이다.
특정 사건과 특정인을 찍었다가는 어떤 덫에 걸릴지 몰라서,
신문기사를 앞에다 세우고 하는 말이지만 고위 공직자들만이 아니라
모든 남성들의 여성에 대한 의식수준은 암벽이다.

래니, 마지막 남은 양심과 권위가 땅에 떨어졌다고 해도 나같은 사람의 입에 재갈을 물리는 것은 일도 아니니까.

옛날부터 내려오는 말도 있지 않은가. 법망은 피라미는 잡을 수 있어도 잉어와 가물치는 잡을 수 없다고.

"정치권 미투 1097건 피해 사례 수집중 상담에 응한 건수는 단 한 건뿐이며, 미투에 관련된 입법 요구 130건이 쏟아져 나왔지만 단 한 건도 처리된 것이 없다"고 2018년 9월 2일(1372)호 일요신문에서 말했다. 이 무렵 어떤 여성 장관은 모 기자와의 인터뷰에서 어떤 재판의 결과를 놓고 "개연성이 크다"고도 했다.

그러면 어째서 이런 결과들이 나왔을까? 양심의 문제도 있지만 부하 직원을 마음대로 자를 수 있는 제도상의 문제라고 했다. 좀 더 확대경으로 들여다본다면 인간생존의 상황이 되겠지만.

"입 다물고 있으면 퇴직금 받고 연금 받는데 어리석게 노후를 망칠 필요가 있겠느냐"고 하나같이 대답하더라는 것이다.

"그런 일로 잘리면 그 바닥에선 발붙일 곳이 없다"고도 했다. 그 바닥이 어떤 바닥인가?

보직이 법으로 보장되지 않는 '갑' 의 눈치를 살펴야 하는 곳이다. '갑' 의 기분에 따라 한 가정의 행과 불행이 오락가락한다는 건 너무 잘못된 세상이다.

고위 공직자 사회이건, 정치권이건, 연예계이건 이해관계가 있는 계급사회에선 '위압' 이란 스스로 존재한 조직이다. 그걸 가지고 가해자의 입으로 '위압' 을 했다고 말하지 않는다고 '위압' 이 아니라는 건 법리를 이용한 봐주기 구실에 불과하다. 무식한 범죄자들보다 배운 자들의 범죄가 훨씬 지능적이고 악랄하다는 사실을 우리는 알지만 어찌하랴.

자신의 어머니와 아내와 딸들을 사랑하고 아끼듯 남의 아내와 딸들도 존중하는 사회가 오기를 망상해 보면서 최초로 문제를 던진 여검사에게 엄마의 마음으로 눈물을 보내노라.

상처받은 모든 여성들에게도.

환영식

해마다 입시철이면 철새처럼 찾아오는 뉴스가 있다.

고맙고 황송하게도 하늘같은 선배들이 후배 입학생들에게 베푸는 환영식이다. 헌데 감사만 할 수 없는 사건들이 있다. 강제로 퍼먹인 음주가 20여 년 동안 공들여 가꾸어 온 한 생명을 허무하게 세상과 인연을 끊어버리는 일 말이다.

법적으로는 과실로 처리되고 말지만 당한 본인이나 그 부모에게는 살인으로 처리되어도 보상될 수 없고 한이 풀릴 수 없는 일이다. 자식은 그 부모의 인생 전부이다. 희망과 자존심이다.

혹자는 회식자리를 박차고 일어나지 못한 본인의 판단과 결정을 지적하기도 하지만 그것은 우리 사회의 얽히고 설킨 구조와 당위성을 모르고 하는 말이다.

대학을 가지 못했다고 인생에 대한 설계가 없는 건 아니지만 대학까지 갔다고 하면 좀더 차원 높은 꿈이 있다. 무엇을 하든 거기에는 학연 지연이 큰 영향을 준다. 특히 정치나 권력을 큰 성공이라고 믿는 사회의 통념상 그 길을 가자면 더욱 그렇다.

사실 기초의원 하나 뽑는 데도 이런 인연들이 작용하지만 우리 시민들 자신도 개인의 능력을 따지기보다 우선 나 아는 사람, 내 지방 사람을 뽑고 보자는 의식이 앞서 있지 않은가.

그러다 보니 해외에 나가서 나라 망신시키는 예가 종종 있지만 사실 그런 사람들의 면면을 보면 고등학교 시절부터 주위에 얼굴이나 이름이 알려지고 지방에서는 대인관계가 많은 사업자들이다. 물론 다라는 말은 아니다.

학연 지연을 이야기하다 보니 이야기가 조금 산만해졌지만 나는 늘 박근혜 전 대통령의 탄핵을 생각해 보곤 한다.

그에게는 학연 지연의 뿌리가 약했다. 적어도 법조계 얽히고 설킨 선후배 관계가 튼튼하게 있어야 했다. 연수원의 선후배 관계는 후일 공직자 지명에도 큰 역할을 하지 않는가.

박근혜가 대통령이 된 것은 이런 저런 기반보다는 정권을 잡고 보자는 무리들이 주판알에 의한 것이다. 당의 지지도가 추락했을 때 새로운 인물이 필요했다.

당시만 해도 그의 아버지의 후광이 높았다. 보릿고개를 없앤 그의 아버지에 대한 국민들의 향수가 사라지지 않고 있었다. 계산은 빗나 정치는 바로 흠집의 역사다. 청문회가 그것을 말해 주고 있다.
김동길 교수가 말했듯이 우리나라 역대 대통령 중에
하나도 불행하지 않은 사람은 없었다.
물론 입장과 견해에 따라 다를 수도 있겠지만 본인이 되었든
친인척이나 주변 인물들의 잘못된 국가관 때문이었든
최종 책임은 대통령이 질 수밖에 없다.

가지 않았다. 그러나 탄핵이라는 비운을 맞았다.

 정치는 바로 흠집의 역사다. 청문회가 그것을 말해 주고 있다. 김동길 교수가 말했듯이 우리나라 역대 대통령 중에 하나도 불행하지 않은 사람은 없었다. 물론 입장과 견해에 따라 다를 수도 있겠지만 본인이 되었든 친인척이나 주변 인물들의 잘못된 국가관 때문이었든 최종 책임은 대통령이 질 수밖에 없다. 직접이든 간접이든 재물에 대한 흠은 여간 부끄럽고 잘못된 국가관인지 모른다.

 한 나라의 대통령은 나라 전체가 자기 것이다. 임기 후를 생각할 필요도 없다. 가만히 있어도 먹고 사는 데는 지장이 없다. 오로지 나라에 대한 자주 자립과 국민의 복지만을 생각했어야 했다.

 그런데 개인적 뇌물이란 무엇인가. 그러나 뇌물문제 만이 아니라 인물 관리 문제도 탄핵된 대통령은 오직 박근혜 전 대통령뿐이다. 왜였을까? 뿌리가 없었기 때문이다. 얽히고 설킨 학연, 지연의 뿌리 말이다. 게다가 그는 탄핵 재판장에도 떳떳이 나가지 않았다. 나가나 나가지 않으나 결과는 마찬가지였겠지만 적어도 법적으로는 떳떳했어야 했다.

헌법재판소장이 말했듯이 법을 지키려는 의지가 없었다는 지적에
는 할 말이 없다. 지지자들의 입장에서도 아쉬운 점이다.

정치적 암살인지 아닌지는 역사가 말해 주겠지만 시민들의 시위는
진실 규명보다 적대 감정이 더욱 컸을지도 모른다.

어쨌든 오늘날의 정치 상황을 보면 독립운동가들이 매우 그립다.

환영식의 새로운 문화를 생각하다 보니 조금 산만해졌지만 글이란
불만의 소산 아닌가.

직업과 별명

별명은 그 사람의 특성을 함축적으로 표현한 또 하나의 이름이다. 그러다 보니 직업과 관계된 경우가 많다. 쉬운 예를 본다면 심심치 않게 재방송을 할 만큼 인기가 높았던 드라마 '장군의 아들'에 등장하는 인물들을 들 수 있다.

거기에는 '독사, 망치, 맨발이, 낙화유수, 시라소니'와 같은 그 세계에서는 주먹으로 무시 못할 존재들이 있다.

그런가 하면 이미지는 정 반대이지만 바둑계에도 있다.

도무지 감정을 읽을 수 없다고 해서 붙여진 '돌부처 이창호' 한 번 물면 끝장을 내고야 만다는 '독사 최철한', '바둑판의 신사 유창혁'과 같은 인물이 있는가 하면 씨름 역사상 가장 많은 천하장사 타이틀을 가지고 있는 이만기 시대 때 '인간 기중기 이봉걸'이 있고, '모래판의 신사 이준희'가 있다.

이토록 직업과 관련된 별명을 찾아본다면 한도 끝도 없지만 한 시대를 대표하고 한 직장을 대표할 만한 두 사람만 찾아보자.

하나는 시국 사범들의 저승사자라고 하는 '고문 기술자 이근안'이란 경찰관이 있고, 하나는 조금 생소하지만 사형수들의 '염라대왕 김규배'란 인물인데 그는 사형수들의 교수형 집행을 당번에 걸린 동료들을 대신하기도 했다.

그렇지 않은가. 아무리 법에 의한 행위라 할지라도 사람을 죽이는 일인데 누가 선뜻 나서고 싶겠는가. 김규배 그도 같은 심정이었겠지만 그에게는 그럴만한 사정이 있었다. 요즘 말하는 피부암인지도 모르지만 그에게는 병원비를 한도 끝도 없이 잡아먹는 피부병을 앓는 딸이 있었다. 끝내는 한쪽 다리를 절단해야만 딸을 살릴 수가 있었다. 교수형 당번은 특별수당이 있었다.

1950년대부터 1960년대, 그때는 공무원도 가난한 시절이 아니었던가.

이렇게 볼 때 별명은 그 시대, 그 상황, 그 현실에서 살아남기 위한 눈물겨운 몸부림이 아닌가도 싶다.

나에게는 네 개의 별명이 있었다. 그렇게 특별한 직업을 가졌거나 살아남기 위한 절박한 상황은 아니었지만 그래도 지나놓고 보니 눈물겨운 일이기도 하다.

글이란 다 알다시피 외로운 대화이다. 나는 그 외로움을 풀어보는

김규배 그도 같은 심정이었겠지만 그에게는 그럴만한 사정이 있었다.
요즘 말하는 피부암인지도 모르지만
그에게는 병원비를 한도 끝도 없이 잡아먹는 피부병을 앓는 딸이 있었다.
끝내는 한쪽 다리를 절단해야만 딸을 살릴 수가 있었다.
교수형 당번은 특별수당이 있었다.

거다.

초등학교 시절에 얻었던 첫 번째 별명은 나중에 이야기하기로 하고, 두 번째 얻은 별명부터 그 사연을 이야기해 볼까 한다.

11살 때 6.25를 만났고 휴전 후 곧바로 초등학교 3학년에 입학(나이 관계로 건너뛰었음)해서 6학년 1학기 때 학교를 그만두었으니까 아마도 열일곱 살쯤 되지 않았나 싶은데 나는 학교를 그만두자마자 곧바로 형석이라고 하는 돌을 캐는 광산에 들어가게 되었는데 작업현장에는 날카로운 돌로 깔려 있었다.

나는 그곳에서 맨발로 일을 했다. 신발이 귀한 때이기도 하지만 아끼기 위해서였다. 그래서 붙여진 이름이 '맨발의 청춘' 이었고, 다음엔 '산적' 이었는데 글자 그대로 내 얼굴이 매우 못생긴 데서 붙여진 별명이다.

그리고 네 번째 별명은 '도깨비' 였다. 부모에게 물려받은 유산이 없는 한 직장생활을 하는 사람은 늘 정년을 염두에 두고 살지 않는가. 노후대책 말이다. 그래서 착안한 것이 셋방살이 경험에서 얻은 되도록 싸고 살기 편한 집이었다. 허름한 농가 주택을 구하고 냇가에서 돌을 주워다 방을 하나씩 달아냈다. 시멘트 대신에 황토흙을 사용했다. 아직 주변에 온돌방에 화목을 연료로 할 때 나는 기름보일러를 놓고 화장실을 수세식으로 했다.

화장실에 욕조까지 놓았다. 보일러 기술은 저절로 설비가 따라왔다. 콸콸 쏟아지는 온수는 심야 전기를 이용했다. 거실과 침실의 칸막이를 생략했다. 경비를 줄이기 위해서였다. 물론 퇴근 후 저녁 늦은 시간을 이용했다. 그러다 보니 자고나면 집모양이 하나씩 변했다. 그래서 생긴 것이 '도깨비' 였다. 그럼 이제 뒤로 미뤘던 첫 번째 별명을 들어보자.

이북이 고향인 나는 휴전이 되고도 고향으로 돌아가지 못했다. 아직 피난에서 돌아오지 못했는지 아니면 전쟁통에 잘못되었는지 잿더미에 덮인 집터가 있었다. 어머니와 나는 그곳에 박스 쪼가리를 주워다 얼기설기 움막을 만들었다. 그리고 조금 남은 공터에다 감자와 옥수수를 심었다.

그런데 3년째 되던 해 동네 반장이란 사람이 그것을 강제로 빼앗았다. 임자 없는 땅 먼저 부치는 사람이 임자라는 것이었다.

*이북이 고향인 나는 휴전이 되고도 고향으로 돌아가지 못했다.
아직 피난에서 돌아오지 못했는지 아니면
전쟁통에 잘못되있는지 잿더미에 덮인 집터가 있었다.
어머니와 나는 그곳에 박스 쪼가리를 주워다 얼기설기 움막을 만들었다.
그리고 조금 남은 공터에다 감자와 옥수수를 심었다.*

그러면 당연히 우리 것이 아닌가. 항의는 당연한 권리였다. 하지만 권력 앞에 권리는 원한이 될 수밖에 없었다.

또 한 번은 무상으로 나온 비료를 이장이 가로챘다. 비료를 사용할 땅이 없기 때문이라고 했다. 항의 과정에서 그는 장작개비로 나를 구타했다.

죄는 없지만 매가 무서워서 도망칠 수밖에 없었다. 그는 오리길이 넘는 곳까지 따라왔다.

그 후부터 어른들은 나를 '개고기'라고 불렀다.

80이 넘은 지금 와서 생각해도 치가 떨리고 용서할 수 없는 사건이다. 이것은 내 인생 단편에 불과하다면 얼마나 많은 억울하고 분한 사건들이 있었을까?

도올의 눈물

3.1 독립운동 백주년을 맞아 각계 각층에서 기념행사를 하고 있다. 행사의 목적을 새삼 이야기할 필요가 없다고 본다. 뼈에 사무친 지난 역사가 너무도 상식적이기 때문이다.

헌데 이 상식적인 이야기를 왜 강조하는가. 잘못된 역사의식을 바로잡고 현실을 직시하고 미래의 길을 바로 열어가자는 뜻일 게다. 다시는 그런 역사를 되풀이하지 말자는 다짐일 게다.

사실 얼마나 각성할지 모르는 일이지만 그런 중에도 매우 열심히, 그리고 오래오래 기억될 강연이 있었다. 물론 사람마다 입장이 다르고 생각이 다르기에 받는 느낌도 다르겠지만 나로서는 그랬다.

바로 토요일 저녁 KBS 텔레비전에서 방영한 도올 선생의 강연이다.

도올은 마지막 날 개인이든 사회이든 국가이든 모험을 하지 않으면 발전할 수 없다고 했지만 강연 형식부터가 매우 모험적이었다. 철학이든 역사든 종교든 강연이라 하면 우리의 의식 속에 엄숙하고 정숙해야 한다는 고정관념이 있다. 그러나 여기에서는 모든 고정관념을 깼다. 강연을 본 사람은 다 알겠지만 강연 중간 중간에 끼워 넣은 노래와 춤과 관중과의 대화는 산만한 게 아니라 오히려 핵심을 전달하

강연을 본 사람은 다 알겠지만 강연 중간 중간에 끼워 넣은
노래와 춤과 관중과의 대화는 산만한 게 아니라
오히려 핵심을 전달하는데 강한 감동을 주었다.
미처 모르고 있었던 사건의 전달과 애국의 무명 인물들은
오늘의 국가경영자들과 비교 비판하는데 투명한 길잡이가 되기도 했다.

는데 강한 감동을 주었다. 미처 모르고 있었던 사건의 전달과 애국의
무명 인물들은 오늘의 국가경영자들과 비교 비판하는데 투명한 길잡
이가 되기도 했다.

　나만 모르고 있었는지 다른 사람도 모르는 이가 있었는지 모르지만
부당한 명령을 목숨으로 거부했던 김백일 중령, 국민의 보호자가 군
인의 임무라고 외쳤던 1연대 박진영 중령, 그리고 해인사 폭격을 거
부한 김영환 비행사—팔만대장경 보호를 위해서— 등의 이야기는 나
로 하여금 국가관을 새롭게 하고 기회만 주어진다면 목숨도 바치리란
각오도 갖게 했다. 너무도 명확한 사실을 왜곡하는 독도 문제와 위안
부 문제와 강제 징용 문제를 덮으려는 그런 자의 입을 막을 수만 있다
면 영광으로 생각할 각오까지 가지게 했다. 강연의 영향과 교육의 효
과는 그래서 필요한 것이다.

　그놈이 그놈을 비판하고 그놈이 그놈을 비난하는 현실에서 무엇인
가 강력한 은유였다. 내 신변을 위해서 나는 아니라고 비겁하게 몸을
사리지만 나라를 자기 몸처럼 아끼고 보살펴야 할 고위 공직자들을
꼬집은 건 아닌지, 고위 공직자들의 청문회를 염두에 둔 건 아닌지,

그 깊은 마음을 어찌 알랴만 나 같은 사람의 눈에도 이 나라에 머리 좋은 천재들과 인물은 많은데 진정한 일꾼이 보이지 않는데 도올의 눈에 어떤 것이 보였겠는가.

아무것도 보이지 않았을 것이다. 인물도 미래도, 잘했든 못했든 고위공직자라 하면 역사에 기록될 사람들이다. 그런데 그들은 역사관이 없었다. 역사관이 있었다면 명예쪽을 택했을 것이다.

아무튼 마지막 날 관중 앞에 무릎을 꿇고 흘린 눈물은 함께한 많은 사람들을 울게 했다.

그것은 온 국민을 향한 외침이었다. 자기 감정에 도취한 눈물이 아니었다. 진정한 애국자의 가슴으로 본, 국권의 수모를 탄식하는 눈물이었다. 이대로 가다가는 또 다시 정신대의 역사가 되풀이된다는 경고의 눈물이었다.

사실 우리는 정신대의 역사에서 벗어나지 못하고 있다. 정신대의 문제는 피해자 본인들과 사회단체에서만 문제를 삼지 국가에서는 너무도 무관심하지 않는가.

국가에서 진정으로 위안부 피해자들과 강제 징용자들을 위한다면 그것은 온 국민을 향한 외침이었다.
자기 감정에 도취한 눈물이 아니었다.
진정한 애국자의 가슴으로 본, 국권의 수모를 탄식하는 눈물이었다.
이대로 가다가는 또 다시 정신대의 역사가 되풀이된다는 경고의 눈물이었다.
사실 우리는 정신대의 역사에서 벗어나지 못하고 있다.

국가에서 모두를 보상하고 나중에 일본과 싸울 일이다. 일본이 인정하지 않고 보상하지 않는다면 국가에서도 하지 않을 것인가. 국가 경영이란 이것 말고도 많은 문제들이 쌓여 있겠지만 여론이 앞서간다면 그 일부터 해결하는 것이 순서라고 본다.

어디 이것뿐인가. 독도 문제는 왜 언론과 학자들에게만 의존하고 있는가. 한 마디로 입 닥치게 하는 방법은 없는 것일까. 우리가 그들보다 강하다면 감히 그런 행동이 나올 수 있겠는가. 엄연한 우리땅 독도를 자기네 땅이라고 표기한 지도를 세계 여러 곳에 퍼트릴 때 우리는 무엇을 했는가. 문제는 힘인데 왜 우리는 힘이 없는가. 패전국에게 무시를 당하다니 분하지도 않은가.

얼마 전 국회의장이란 사람이 양국 민간인들을 상대로 모금을 해서 위안부 할머니들의 보상 문제를 해결하자고 했지만 역시 그것은 국가 수모의 발상이다. 국민을 우롱하는 발상이다. 거기에 동조하는 사람이 있다면 그도 역사의 죄인이며 매국의 선동자에 지나지 않는다. 왜 우리가 일본보다 강할 수 없는지 생각 좀 해 보자.

수준미달의 역사관과 국가관을 반성 좀 하자. 논개만도 못한······.

볏짚의 이용과 과학적 기능

볏짚에 '지장촌'이란 곰팡이가 있다는 사실을 아는 사람이 많지 않을 걸로 본다. 그러나 볏짚으로 메주를 매단 것을 본 사람은 많을 것이다. 그것은 메주를 띄우는 데 꼭 필요한 '지장촌' 때문이다.

청국장을 띄우는 데도 볏짚을 깔고 볏짚 두서너 가닥을 똘똘 말아서 군데군데 꽂는다. 대량으로 생산하는 공장은 어떻게 하는지 모르지만 가정에서는 아직도 그 방식을 사용하고 있다. 뿐만 아니라 볏짚은 소의 먹이로도 사용하는데 그것은 단순히 사료역할만 하는 게 아니라 사람으로 말하면 위장약 역할을 한다. 되새김의 과정을 겪으면서 위를 튼튼히 한다는 것이다. 이처럼 볏짚은 알게 모르게 우리 생활과 밀접한 관계를 가지고 있는데 조상님들은 그만큼 지혜로웠다.

옛날 가구들을 한 번 살펴보자.

오늘날 카펫에 해당하는 멍석, 함지나 다라에 해당하는 맷방석, 들통에 해당하는 바케쓰, 그리고 대형 자루에 해당하는 섬과 가마니, 배낭에 해당하는 망태기, 소위 페딩 점퍼라고 할 수 있는 덕석, 오늘날 우산이나 우비에 해당하는 우장, 그리고 또 있다. 비닐 끈에 해당하는 새끼, 일상생활에 없어서는 안 될 짚세기, 짚세기 이야기가 나오고 보

볏짚은 소의 먹이로도 사용하는데 그것은 단순히
사료역할만 하는 게 아니라 사람으로 말하면 위장약 역할을 한다.
되새김의 과정을 겪으면서 위를 튼튼히 한다는 것이다.
이처럼 볏짚은 알게 모르게 우리 생활과 밀접한 관계를 가지고 있는데
조상님들은 그만큼 지혜로웠다.

니 그냥 넘어갈 수가 없는 이야기가 있다.

옛날에 짚세기 장사 부자가 있었는데 아버지 짚세기는 잘 팔리고 아들 짚세기는 잘 팔리지 않았다. 아버지에게 그 비결을 물었으나 가르쳐 주지 않았다. 아버지가 운명 직전인데도 그 비결을 말하지 않았다. 그러자 화가 난 아들은 목침으로 아버지의 가슴을 치며 물었다. 그때서야 아버지는 '털' 하고 운명했다는데 짚세기의 털을 잘 다듬어야 한다는 얘기였다.

도자기나 검을 만드는 비법을 후대에게 전수하지 않은 조상님들의 이기심을 빗대어 한 말이겠지만 사실 우리 민족성이 조금 그런 데가 있다. 기술을 배우고 나면 기술 스승을 무시한다거나 기업인 경우 기술을 빼가지고 독립한다거나 하여 자존심과 이해관계가 걸리기도 한 문제이다.

볏짚의 용도는 또 있다. 요즘 말로 한다면 건축자재가 되겠는데 다 알다시피 우리의 전통 한옥은 황토로 벽이 되어 있다. 거기에 볏짚이 없어서는 안 된다. 오늘날 콘크리트 벽에 철근을 넣듯 볏짚은 철근 역할을 했고 스티로폴과 같은 단열방음 효과도 있었다.

뿐만 아니라 수분조절도 해서 벽이 갈라지는 것을 막아주기도 했다. 지붕은 물론이다. 한옥이 겨울철엔 따뜻하고 여름철엔 시원한 게다 볏짚의 기능 때문이다.

볏짚의 용도는 또 있다.

냉장고가 없던 시절 우리 조상님들은 강이나 큰 내에서 얼음을 깨서 보관했다가 사용하곤 했다. 지금은 그렇게 얼음이 두껍게 얼지 않지만 그 시절엔 얼음 두께가 3, 40㎝는 보통이었다. 그것을 깨다가 보관한 창고에서의 핵심 역할은 바로 왕겨와 볏짚이었다. 2중벽 사이에 왕겨를 채우고 두껍게 짚으로 지붕을 씌우고 나면 아무리 더워도 창고 안의 얼음은 녹지 않았다.

과학이 좋은 건 사실이지만 사라져가는 것들에 대한 그리움 또한 아련하다.

"아버지!"

"오야! (오냐)."

"조심하이소! (조심하세요)."

"꺼떡 나이다! (걱정 마라)."

냉장고가 없던 시절 우리 조상님들은 강이나
큰 내에서 얼음을 깨서 보관했다가 사용하곤 했다.
지금은 그렇게 얼음이 두껍게 얼지 않지만 그 시절엔 얼음 두께가 3,40㎝는 보통이었다.
그것을 깨다가 보관한 창고에서의 핵심 역할은 바로 왕겨와 벗짚이었다.
2중벽 사이에 왕겨를 채우고 두껍게 짚으로 지붕을 씌우고 나면
아무리 더워도 창고 안의 얼음은 녹지 않았다.

"아버지!"

"오야."

"장가 언제 보낼끼요."

"애비부터 가고 보자."

홀아비 부자 목도꾼 울력 노래다.

"나리님!"

"어야!"

"언제 통일할끼요?"

"새참부터 먹고 보자."

암흑의 시대

정치적으로 독재의 시대를 흔히 암흑의 시대라고 한다. 암흑의 시대 때는 개인의 인권이나 생명의 존중이 인정되지 않았다. 기억도 못하는 세대도 있지만 4.19학생혁명 때 많은 학생들이 생명을 잃었다. 아직도 진실이 규명되지 못한 5.18사건도 그렇다.

이처럼 책임자 없는 죽음이 독재의 대명사라고 할 수 있다. 정권을 위해서 정적을 암살하거나 거기에 충성하기 위해서 무고한 생명을 희생시킨 예들이 얼마나 많은지 모른다. 독재자가 알든 모르든 당연히 책임져야 할 사건들이다.

나는 사가가 아니다. 따라서 정치학자도 아니다. 그러나 정사가 아닌 야사는 듣고 보아서 기억되는 것이 있다. 내가 겪은 시대만이라도 증언할 자격이 있다는 말이다.

제일 먼저 떠오르는 게 무죄로 밝혀지고 있지만 통혁당, 인혁당, 서독 유학생 간첩단 사건이다. 당시 사회적으로 얼마나 말이 많았던가. 결국 정치적인 목적이었는데 그것을 사실로 믿은 사람이 얼마나 많았는가. 심지어는 이 나라를 믿고 월북한 이수근이란 사람을 이중간첩으로 몰아서 죽이기까지 했다. 독재는 비정하고, 그 하수인들은 잔인

제일 먼저 떠오르는 게 무죄로 밝혀지고 있지만
통혁당, 인혁당, 서독 유학생 간첩단 사건이다.
당시 사회적으로 얼마나 말이 많았던가.
결국 정치적인 목적이었는데 그것을 사실로 믿은 사람이 얼마나 많았는가.
심지어는 이 나라를 믿고 월북한 이수근이란 사람을
이중간첩으로 몰아서 죽이기까지 했다.

했다. 후일의 역사를 두려워하지 않았다.

이것은 언론의 덕으로 세상에 널리 알려진 사건들이지만 숨겨진 사건들이 더 많을지도 모른다. 세상이 알든 모르든 인권문제는 똑같은 것이다. 생명의 존엄도 그렇다.

요즘 화성살인사건 이춘재 8차 사건의 누명을 쓰고 억울하게 옥살이를 한 사건이 말해 주듯이 알려지지 않은 억울한 사건들이 얼마나 많은지 모른다.

낚시꾼에게 매운탕 한 그릇 판 것이 간첩과의 접선이 되고 약초 채취자에게 닭도리탕 한 마리 판 화전민이 간첩으로 몰렸던 사실들이 얼마나 많았는지 모른다. 모두가 고문에 의한 허위 자백이었다. 그중에 내가 아는 사건이 하나 있다. 임자도 사건이라고 해서 언론에도 잠깐 나온 사건인데 그 주인공은 재판도 받아보지 못하고 고문에 의해서 사망하고 말았다.

그가 사망하기 바로 전날 아내와 딸이 병사(교도소 병원)로 면회를 왔다. 가족들은 그에게 무엇이 먹고 싶으냐고 물었다. 남편은 사과라고 했다. 다음날 사과 봉지를 안고 면회 온 아내와 딸은 병사 복도에

실신해 주저앉고 터진 사과 봉지에서 쏟아져 나온 사과는 복도에 흩어졌다. 이것은 내가 지어낸 말이 아니라 누구에게 들은 말도 아니다. 내 두 눈으로 똑똑히 본 사건이다.

　세월이 흐르고 세대가 바뀌다 보니 별로 기억하는 사람이 없겠지만 '내 청춘을 변상하라' 는 영화가 있었던 걸 기억한다. 영화는 보지 못했지만 영화가 나오기까지의 내막은 잘 알고 있다. 영화의 주인공은 15살에 간첩 혐의를 받고 형무소(지금의 교도소) 복역 중이었다. 아무리 보아도 15살에 간첩이 될 수도 없을 뿐더러 심성이 너무 착해 보이는 그를 노희수(안양교도소 교무과장) 교무과장이 불러 사건 경위를 물었다.

　피난중 어머니를 잃고 피난민 속에서 어머니를 찾아 헤맸다. 그를 군 특무대가 불러 조사를 했다. 우선 있어야 할 도민증이 없었다. 도민증은 어머니 보따리에 있었다. 그것 하나로 간첩이란 죄명을 쓰고 무기징역을 받았다.

　물론 고문도 있었고 각본도 있었고 재판에 넘겨져서 딴소리 하면 다시 경찰에 넘겨져서 조사를 받는다고 협박도 받았다. 사실 재판에 피난중 어머니를 잃고 피난민 속에서 어머니를 찾아 헤맸다.
그를 군 특무대가 불러 조사를 했다.
우선 있어야 할 도민증이 없었다. 도민증은 어머니 보따리에 있었다.
그것 하나로 간첩이란 죄명을 쓰고 무기징역을 받았다.

넘겨진다고 해도 사실을 밝힐 여지는 없었다. 피고인인지 피의자인지 모를 사람들을 횡대로 세워 놓고 "앞줄 사형" "뒷줄 무기징역" 할 때였으니 말이다.

노희수 과장은 즉시 그의 고향으로 공문을 보내어 어머니를 찾았다. 어머니는 그때까지 도민증을 소지하고 있었다. 자식을 보고 싶은 마음에서였으리라. 재심에서 무죄가 되었다. 보도와 함께 약삭빠른 장사꾼들이 있어서 영화가 되었지만 이 사건은 양심적인 공무원이 아니었으면 영원히 묻혀 버리고 말았을 것이다.

내가 아는 이런 사건이 두 건 있다.

살인 누명을 쓰고 복역중인 김익밀이란 사람이 있었다. 억울하지만 호소할 길이 없어서 체념하고 살고 있는데 하루는 법원에서 불렀다. 진범이 잡혔다는 것이다. 그래도 되는 건지 모르지만 아무런 절차없이 풀려났다.

또 하나는 반대의 경우인데 자신이 불지 않은(고백하지 않은) 강도 사건을 뒤집어쓰고 사는 사람을 알게 되었다. 어진이란 이름의 그는 양심의 가책을 받고 당국에 자수를 했다. 몇 개월이 지나도 어떻게 된 일인지 재수사가 없었다.

이 뿐만 아니라 진범이 잡히지 않아서 죄 없는 사람이 고문으로 장애인이 되거나 고문 후유증으로 죽은 사건도 있었다. 바로 한국 최초 유괴살인 사건으로 유명한 "두영아, 내 동생아"로 시작되는 노래까지 나온 사건으로 당시 대통령의 특명이 내릴 만큼 여론이 컸던 사건이다. 그때 서울 시내 불량아로 리스트에 오른 사람들은 고문을 당하지 않은 사람이 없다고 했다.

고문 앞에 장사는 없는 것이다. 김두한 같은 사람도 말년에 조용히 지낸 것은 고문 때문이라고 했다. 중앙정보부에 끌려가서 육체적인 고통은 그만두고라도 정신적인 고문을 감당할 수가 없었다는 뒷이야기였다.

그는 자유당 시절 주먹으로도 유명했지만 고 박정희 시절 국회 인분사건으로도 유명하다. 그때 나라의 위신과 국회의 위신을 땅에 떨어뜨렸다고 세상이 비난하기도 했지만 차라리 오늘날의 국회를 보면 훨씬 깨끗했다고 본다. 그는 자존심 상하고 수모 당하는 것은 육체의 고통 그 이상이라고 했단다.

세상 사람들은 요즘 세대만이 아니라 나의 세대까지도
정치 보복이란 말은 들어봤어도 사상 보복이란 말은 들어보지 못했을 것이다.
수복 후 서대문형무소(지금 교도소)에서
무기징역을 받고 복역중인 이기영이란 사람이 있었다.
그는 자기 형의 죄를 대신 살고 있었던 것이다.

세상 사람들은 요즘 세대만이 아니라 나의 세대까지도 정치 보복이란 말은 들어봤어도 사상 보복이란 말은 들어보지 못했을 것이다.

수복 후 서대문형무소(지금 교도소)에서 무기징역을 받고 복역중인 이기영이란 사람이 있었다. 그는 자기 형의 죄를 대신 살고 있었던 것이다.

김팔봉이란 유명한 작가가 있었는데 그는 인민공화국 시절 서울을 빠져 나가지 못하고 숨어 있었다. 이것을 이기영 형이라는 사람이 부역자가 되어 그를 고발했다. 김팔봉은 주재소란 곳에 끌려가서 고초를 당하고 있었다. 그러자 9.28수복이 됐고 이기영의 형은 월북했다. 형에 대한 앙갚음으로 동생을 허위 고발했다.

우리는 이런 세상을 살았는데 꼭 하고 싶은 말은 무고한 사람이 고문에 의해서 죄인이 되었다면 그를 그렇게 만든 경찰관은 똑같은 형을 받아야 한다는 사실이다. 그래야만 억울한 사람이 조금이라도 사라질 것이다.

2020년 1월 21일 아침 뉴스에서 72년 만에 무죄가 된 여수사건 때 사형을 당한 억울한 사건이 보도되었다. 거기에서도 분명히 말했다.

정식 재판을 받지 않고 약식 고소만으로 집행을 당했다고.

본문 중에 '앞줄 사형! 뒷줄 무기징역!' 이란 당시 재판의 상황을 증명하기 위해서 추고를 하는 것이다. 내친 김에 지금 김유정 전철역이 있는 실내마을이라는 곳에서 있었던 참사도 규명되기를 바라는 마음이다. 33호 중 30호가 몽땅 국군에 의해서 사살된 사건이다. 그때 피난 간 사람만 면하고 어린 아이까지도, 가축까지도 모두 죽었다. 빨갱이로 몰렸던 것이다.

사연인즉 포위망을 뚫지 못한 국군 두 사람이 뒷동산에 숨어 있었는데 인민군이 마을에 들어오자 세 집을 제외하고는 모두가 인민공화국 기를 흔들며 환영을 했다는 것이다.

그 사실을 수복이 되면서 국군에 합류한 낙오병이 증언했던 것이다. 그때 살아남은 세 집과 피난에서 돌아온 후손들에 의해서 이 사건이 남아있을지도 모른다.

법과 상식

법과 상식이란 말은 자주 듣는 말이다. 헌데 상식이란 말은 조금 알겠는데 법이라는 말은 도무지 모르겠다. 상식이야 뭐 우리 생활에서 필요한 감정의 표현이요, 소통의 암호가 되겠지만 법은 상식을 좀더 구체적으로 체계를 세운 게 아닌가 했는데 그것이 아니다.

가수 유승준이란 사람이 군대에 가지 않기 위해서 아주 잡아올 곳이 못되는 곳으로 도망을 갔는지, 아니면 잠깐 머리카락이 보이지 않는 곳으로 갔었는지 모르지만 군대 가겠다고 해도 받아주지 않는 때가 되어 돌아온다고 했단다.

그를 기억하는 사람들의 말에 의하면 군대 가겠다는 약속을 해 놓고 도망치듯 했다는 것이다. 도망을 쳤든 정식으로 출국을 했든 병역을 기피한 것만은 사실이고, 야비하고 치사한 것만은 사실이다.

어떻게 온 국민에게 그토록 사랑을 받으면서 그렇게 실망을 줄 수가 있느냐 그 말이다. 그래놓고 이제 다시 국민들을 상대로 돈 벌러 들어오겠다니 얼마나 국민들을 깔보는 행위인가.

그럼에도 일부 국민들은 그를 너그럽게 받아들여야 한다는 것이다. 법도 그를 이해하고 용서했단다. 편의점에서 2백원 훔친 학생은 감옥으로 보내면서 마트에서 빵 한 조각 훔친 아이는 앞길을 막으면서 어찌 연예인이라고 그렇게 너그러울 수 있는가? 이건 상식 밖의 일이다. 그런 사람은 호되게 야단을 쳐야만 그런 인간이 다시 나오지 않는 것이다. 분노를 넘어서 서글프기까지 한다.

연예인도 자기 먹고 살기 위한 직업인이다. 국민들을 즐겁게 하기 위해서 봉사하는 사람이 아니다. 봉사자들은 오히려 따로 있다. 그들이야말로 우리에게 없어서는 안 될 소중한 사람들인데 그들이 만일 어떤 죄를 졌다면 연예인들처럼 너그럽게 봐줄 수 있는가.

나는 열한 살에 6.25전쟁을 만났고 스무살이 되도록 군인들 속에서 살았다. 자라면서도 그랬지만 나이 먹어서도 군인들의 고충을 이해하는 한편 그들의 소중함을 알게 되었다. 그래서 열일곱 살에 해병대에 지원을 했지만 호적 나이가 15살이어서 입대를 하지 못했다.

나는 지금도 별판 짚차를 보면 나도 모르게 자전거에서 내리곤 한다. 백차가 앞뒤에서 호위를 하고 검문소를 지날 때는 헌병들이 줄을 서서 경례하는 것을 보면서 자랐기 때문이었다.

아직도 나의 기억엔 생생하지만 언젠가 보초병 두 사람이 피살당한

아직도 나의 기억엔 생생하지만
언젠가 보초병 두 사람이 피살당한 사건이 있었다.
그때 군대는 비상이 걸리어 긴장상태에 있었는데 바로 집 앞 부대 정문 앞에
별판 차가 있었다. 그리고 그 차의 주인인 별단 군인이 주위에 둘러선
장교들을 향해서 무엇인가 지휘하고 있었다.
나는 나도 모르게 그를 향해 고개를 숙였다.

사건이 있었다. 그때 군대는 비상이 걸리어 긴장상태에 있었는데 바로 집 앞 부대 정문 앞에 별판 차가 있었다. 그리고 그 차의 주인인 별단 군인이 주위에 둘러선 장교들을 향해서 무엇인가 지휘하고 있었다. 나는 나도 모르게 그를 향해 고개를 숙였다. 어렸을 때 본 반사행동이었다. 나이로 보면 아들에 가까웠다. 누구에게 배운 바는 없지만 진정 나는 군인들의 소중함을 마음에 품고 산다.

한여름 배낭을 지고 땀을 흘리며 집 앞을 지나는 군인들을 보면 페트병에 물을 담아 주던가, 아니면 바가지채로 떠다 주기도 한다. 양주시 봉양4동 3190부대와 ○○○○ 사이에 내 집이 있기 때문에 행군훈련을 자주 보게 되는데 한 번은 훈련중 탈진한 군인을 부축해 가는 군인을 보고 물을 떠다 주었는데 그가 동료 군인이 아니라 중령 계급장을 단 장교였다.

그 후 나는 군인들을 다시 보고 다시 느끼게 되었다. 사실 나는 요즘 정부 행정에서 군인들에 대해서 너무한다는 생각이 들 때가 있다. 부대 옆을 지나는 도로 확장공사에서 걸핏하면 부대 담벼락을 축소하고 있다. 보상문제 때문인 걸 모르는 바는 아니지만 너무 홀대한다는 생

각이 든다. 그런 차원에서 이명박 전 대통령은 많은 실수를 했다고 본다. 롯데월드 건축으로 공군 활주로의 방향을 틀어가면서까지 허가한 사실 말이다.

당시 공군에선 얼마나 많은 반대를 했던가. 허가는 하되 위치 변경을 하는 것이 내 생각으로는 옳았다. 과연 그때 받은 뇌물인지는 모르나 지금 23년이란 형을 받고 있지 않은가. 물론 대법 판결이 끝난 것은 아니다. 나는 그가 대통령에 나올 때 우리 가족들에게만은 기업으로 성공한 사람이니 국가 경영에도 성공할 사람이라고 했다. 청계천 공사와 같이 4대강 공사도 깊은 안목이 있을 거라고 생각했다.

효용가치는 더 두고 봐야 하겠지만 이때도 무슨 숨겨진 사연이 있지 않은가 하는 생각을 씻을 수가 없다. 아무튼 롯데월드 공사나 도로 확장공사에 군의 자존심에 흠집을 낸다는 것은 법적으로는 하자가 없다 할지라도 상식으로는 이해가 가지 않는다.

군이 있고 나라가 있느냐? 나라가 있고 군이 있느냐? 논쟁도 벌리지만 나라를 위해서 목숨을 바치는 쪽이 어느 쪽인가를 묻지 않을 수 없다.

천 냥 빚

'말 한 마디에 천 냥 빚을 갚는다' 는 말이 있다. 새삼 설명이 필요 없는 말이다. 그러나 뒤집어 생각하면 재미있는 답도 있다. 천 냥 빚을 갚지 않으면 천 냥을 번다는 이야기도 된다. 이것은 비단 금전에 관한 말만은 아니다. 감정의 문제도 해당된다. 부모와 자식 간에 있는 증여나 상속에서도 나타날 수 있다.

나는 그 답을 보호자 없는 병실 할머니에게서 얻을 수 있었다.

병원이란 어떤 곳인가.

살펴보면 사연 없는 곳이 없겠지만 병원이야말로 많은 사연들이 모인 곳이다. 위로 받고 희망을 얻는 곳이다.

그 할머니에게는 달랑 딸이 하나 밖에 없었다. 많은 자식 낳아서 기를 형편도 되지 못했지만 '둘만 낳아 잘 기르자' 는 정부 정책이 나올 만큼 나라도 어려웠다. 예비군 교육장에서 정관수술을 받는다고 하면 교육을 면제해 줄 정도였다.

출산 장려를 위해서 정부에서 돈을 주는 오늘의 시각에서 보면 앞을 내다보지 못한 정책이지만 사실 국가의 정책이란 그 시대 그 환경에서 필요한 국가 경영이니 후에 받아야 할 평가는 둘째 문제다. 따지고 보면 인류 역사가 다 그래왔다.

아무튼 그 할머니가 젊었을 때 어려움이 많았지만 자녀가 많다 보면 전세나 월세 얻기가 매우 힘들었다. 그래서 하나밖에 없다거나 아예 하나도 없다고 속일 수밖에 없었다. 그러나 속인다고 될 일이 아니었다. 친척집에 맡겨 놓았던 아이들을 하나 둘 찾아오다 보면 주인과 갈등을 빚게 마련이었다.

도대체 한 달에 아이를 몇씩 낳느냐는 말까지 나왔다. 급기야는 방을 빼야 하는 사태까지 오는 것이다. 게다가 교육열은 또 어땠는가? 부모보다 잘 살게 하는 방법을 거기에서 찾으려 했다.

그러나 이 할머니의 교육관은 조금 진보적이었다. 무리한 교육보다 사는 데 불편하지 않을 정도면 된다고 생각했다. 본인이 원한다면야 대학까지 보낼 수밖에 없지만 그렇지 않으면 일찍이 직장생활을 하는 것도 지름길이 될 수 있다고 생각했다.

그러나 그 딸은 소박한 어머니의 생각마저도 몰라주었다. 일찍이 집을 나가버린 것이다. 그 할머니의 허무와 허탈은 말로 표현할 수가 그러나 그 딸은 소박한 어머니의 생각마저도 몰라주었다.
일찍이 집을 나가버린 것이다.
그 할머니의 허무와 허탈은 말로 표현할 수가 없었다.
그런 세월이 얼마쯤 흘러 딸은 사내자식과 함께
등짝에 어린 아이를 하나 짊어지고 들어왔다.
살아있어 준 것만으로도 감사했다.

없었다. 그런 세월이 얼마쯤 흘러 딸은 사내자식과 함께 등짝에 어린 아이를 하나 짊어지고 들어왔다. 살아있어 준 것만으로도 감사했다.

남녀의 문제를 말린다고 될 일도 아니요, 이미 본인이 정한 일이니 함께 끌려 갈 수밖에 없었다. 4,50이 넘도록 짝을 찾지 못하고 늙은 부모 등골 빼 먹는 자식들에 비하면 차라리 효녀라고 체념까지 했다.

그러나 그 딸은 거기에서 그친 게 아니었다. 애비도 없는 아이를 고아원에다 버린 것이다. 아들이었다. 할머니는 핏줄에 대한 욕심보다는 도덕적 양심에서 그리고 너무도 가여운 생각에서 그를 데려다 할머니가 기를 것을 제안했다.

딸은 한 마디로 거절했다. 거절뿐만 아니라 "엄마가 나를 위해서 한 것이 무엇이냐"고 폭언을 퍼부었다.

할머니의 마음은 슬픈 게 아니라 독해졌다. 아버지 없는 저를 남편처럼 믿어 왔고 의지해 왔다. 큰 도움은 아니지만 집 사고 사위가 하는 일에 보탬을 주기도 했다. 그러면서도 평생 해 온 좌판을 버리지 못했다. 이제 퇴원하면 모든 것 정리하고 요양원으로 가겠단다. 남은 돈은 모두 요양원에 기증을 하겠단다.

2019년 7월 28일 보호자 없는 병실, 그 할머니를 복도에서 바라보며 이 글을 쓴다. 나도 보호자 없는 병실에서 병실 문이 열릴 때마다 그쪽으로 시선이 가곤 했다.

집에 홀로 있는 아내가 보고 싶다.

어제 저녁은 어떻게 먹었는지? 울컥 눈물이 난다.

한날 한시에 죽을 수는 없을까….

사라져야 할 문화

'한 국인의 밥상' 이란 KBS1 텔레비전을 보다 보면 정말 우리의 과거 식생활이 저런 때도 있었나 하고 생각이 들 때가 많다. 물론 지역에 따라 그곳의 특산물과 음식문화는 있게 마련이다. 다른 지역에서 보면 어떤 지역의 음식이 별식일 수는 있지만 풍요로웠던 것은 아니다.

시루떡 한 조각과 부침개 한 조각이 별식이고 추석과 설명절에만 먹을 수 있는 돼지고기가 설사 고기로 알았던 나는 생소하기만 하다. 나만이 아니라 노인정의 노인들이 거의가 같은 이야기들이었다.

들깨 한 말과 소금 한 됫박만 가지고 화전하러 산 속으로 들어가면 추수까지 해 가지고 나온다는 이야기는 전설이 아니다. 풀만 먹고 살았다는 이야긴데 들깨는 미각용이 아니라 해독용이었다. 삼남매를 두고 아버지가 돈 벌러 간 사이 그 아이들이 풀을 잘못 뜯어 먹어서 일시적인 정신 이상을 보였던 일은 바로 내 옆집에 있었던 일이기도 했다. 유난히 내가 살던 마을이 가난했는지는 모르지만 결국 나도 떠나고 16년 만에 가 보니 마을은 텅 비어 있었다.

다시 44년 만에 가 보니 마을은 축산 농가로 꽉 차 있었다. 이처럼 마을 형성은 우리나라 지형의 특성상 산을 끼지 않을 수 없고 그러다 보니 청룡 백호가 어쩌구 하는 풍수지리학도 생겨나게 됐다.

사실 풍수지리란 별게 아니다. 자연의 혜택으로 안정감을 느끼는 그런 곳이면 됐다. 말하자면 햇볕을 많이 받고 거센 바람을 막아주는 그런 곳이다.

그런 곳에서 낳고 자라고, 낳고 자라고 하다 보니 얽히고 설키어 친 인척이 되고 그 친인척이 문중이란 말을 낳았다. 이런 곳에 외지 사람 이 들어가 살자면 고충이 많았다. 그들 나름대로 지켜오는 전통에 동 조되어야 하고 그들의 문화를 이해해야만 했다. 그렇지 않으면 외톨 이가 되기 쉽다.

나는 오래 전에 직장 따라 시골로 이사를 했다. 얼마 안 되어 어머님 이 돌아가셨다. 마을에서 전갈이 왔다. 어머님의 시신이 나갈 수 없다 는 것이었다.

앞에서 말했듯이 삼태기처럼 산을 낀 마을인지라 영구차가 있는 큰 길까지 가자면 길은 좌우 둘 밖에 없었다. 한쪽 길은 마을 공동우물이 있는 곳이어서 안 되고, 한쪽 길은 굴뚝이 있는 집을 지나야 하기 때 우리 전통 가운데 상부상조하는 좋은 전통 중의 하나인 부조라는 게 있다.
어려울 때 서로 돕고 도움을 받는 품앗이 성격이다.
그것은 저축과도 같은 것이다.
그러나 외지 사람은 의무는 있으나 찾을 권리는 없다.
내가 사는 동안 작게는 한 번이지만 많게는 여섯 번까지 한 집도 있다.

문에 안 된다는 것이었다.

우물 옆을 지나가면 우물이 마르고 굴뚝 옆을 지나면 그 집에 초상이 난다는 것이었다. 그럼 길 없는 산으로 가라는 말인데 알고 보니 오해가 있었다. 마을에 들어와서 어른을 찾아뵙고 인사를 하지 않았다는 것이었다. 말하자면 텃세였다.

나는 이사 오자마자 반장을 찾아가서 동리 어른들께 인사를 하고 싶다고 자리를 마련해 달라고 부탁을 했었다. 그때 이장은 마을 고사 때 술이나 몇 말 내면 된다고 했다. 헌데 어머님이 고사 전에 돌아가신 것이다.

그것이 해명되어 더 이상 마찰은 없었지만 눈에 보이지 않는 텃세는 여전했다.

우리 전통 가운데 상부상조하는 좋은 전통 중의 하나인 부조라는 게 있다. 어려울 때 서로 돕고 도움을 받는 품앗이 성격이다. 그것은 저축과도 같은 것이다. 그러나 외지 사람은 의무는 있으나 찾을 권리는 없다. 내가 사는 동안 작게는 한 번이지만 많게는 여섯 번까지 한 집도 있다. 그런데 한두 번 한 집은 고사하고 여섯 번을 한 집에서도 품앗이의 정신을 무시하고 있었다.

아이가 자라서 큰일을 맞게 되었다. 나는 애초부터 상부상조의 정신대로 돌려받는다는 생각은 하지 않았지만 살아가면서 더욱 그쪽으로 마음을 굳혀 갔다. 분위기에서 감지할 수가 있었다. 그래서 아내에게 아무에게도 알리지 말자고 했다. 상처 받는다고.

그러나 아내는 어려서부터 보아온 풍습인지라 순진하게도 그것을 믿고 있었다. 결과는 내 생각이 옳았다. 아내는 어려서부터 자란 자기 마을의 구성의 성격과 집안 간의 항렬을 모르고 있었던 것이다. 아내의 집 항렬이 가장 높다 보니 큰일 때 받는 것만 보았던 것이다.

아무튼 가뜩이나 각박한 세상에 텃세만이라도 사라져 가야 한다고 본다.

사실 시골도 산업의 영향으로 옛것이 그러워질 때도 있지만……

잡초예찬

어 휴! 이건 싸움이 아니라 전쟁이다.

그렇다. 농사철이면 농부들이 겪어야 하는 잡초와의 전쟁이다.

나라를 지키기 위해서 전쟁은 반드시 이겨야 하듯 잡초와의 싸움에서도 이겨야 한다. 그래야만 얻고자 하는 결과를 얻을 수 있다.

전쟁과 잡초라는 말을 하다 보니 언뜻 연상되는 또 하나의 단어가 생각나는데 그것은 '민초' 라는 밟아도, 밟혀도 죽지 않고 살아난다는 우리 민족의 강인한 인내와 의지를 나타낸 말임을 누가 모를까만 다분히 정치적 냄새를 풍기는 말이기도 하다.

파고 들지 않더라도 법과 권력이 아닌 순수한 애국의 정신으로 잘못 가고 있는 나라와 사회를 바로 가도록 힘을 모았던 사건 때마다 따라다닌 말이기 때문이다.

멀리, 그리고 깊은 역사는 모르지만 가까이 3.1독립운동, 4.19학생혁명, 그리고 5.18민주화운동과 최근 촛불시위가 그것이다.

물론 3.1운동은 기록을 통해서 아는 바지만 나머지는 생생하게 겪어온 사건들이다.

시간의 흐름과 정치적 상황에 따라 언제 어떻게 그 정신의 대접이 달라질지 모르지만 아직은 그렇게 인정받고 있다고 본다.

인류 역사를 들먹거릴 필요도 없고 정권마다 전 정권의 이념을 달리 해석해 오지 않았는가. 사람마다 생각이 다르다 보니 넓게는 동과 서가 존재하고 좁게는 당과 당이 생겨났지만 촛불시위도 생각의 여지가 있다고 본다. 과연 나라를 걱정하는 순수한 마음이었나. 아니면 어느 특정인을 지지하기 위한 결과였나?

이쯤에서 '민초' 이야기는 접고 잡초 이야기로 돌아가 보자. 앞에서도 잠깐 스쳐 왔지만 잡초는 농부들에게 여간 시간과 노력을 요구하는 상대가 아니다.

그래서 생겨난 것이 예초기란 기계와 제초제란 약이 생겨났지만 이것 역시 한계가 있다. 곡식 가까이에 있는 잡초는 기계로도 약으로도 안 되고 꼭 사람의 손이 가야만 하는데 뽑아도 또 뽑아도 끝이 없다는 사실이다.

한 번 뽑고 돌아서면 도로 그 자리다. 그 번식량과 성장 속도가 상상을 초월한다. 아무것도 없는 듯한 밭고랑을 자세히 들여다보면 잡초

한 번 뽑고 돌아서면 도로 그 자리다.
그 번식량과 성장 속도가 상상을 초월한다.
아무것도 없는 듯한 밭고랑을 자세히 들여다보면 잡초의 새싹들이 콩나물 시루같고
며칠만 돌아보지 않으면 마치 강냉이 뻥튀기하듯 밭고랑을 메운다.

의 새싹들이 콩나물 시루같고 며칠만 돌아보지 않으면 마치 강냉이 뻥튀기하듯 밭고랑을 메운다.

사람들은 길을 가다가 아스팔트 갈라진 틈새로 풀이 올라오는 것을 본 일이 있을 것이다. 그리고 길 가장자리 얇은 포장을 들치고 올라오는 풀도 본 일이 있을 것이다. 그렇다. 잡초의 생명력과 번식력은 무섭다.

달개비라고 하는 풀은 뽑아서 나뭇가지에 걸쳐놔도 바로바로 뿌리가 난다. 물론 습기는 있어야 한다. 위장술이 놀라운 것도 있다. 돼지비름이라고 하는 것인데 들깨 밭에 가면 '날 잡아봐라'이고, 참깨 밭에 가면 '못찾겠다 꾀꼬리'이다. 그런가 하면 또 곡식들 몸뚱이를 칭칭 감아서 질식시키는 것도 있다.

배가 너무 고파서 떡국을 훔쳐 먹다 죽은 며느리의 혼이 뻐꾹새가 되어 '뻐꾹뻐꾹'하고 울면 그 해 풍년이 들고, '떡꾹떡꾹'하면 흉년이 든다는 전설과 같이 우리네 어머니들의 혹독한 시집살이를 말해주듯 며느리밑씻개풀은 가시로 된 넝쿨 식물인데 독까지 있는지 스치기만 해도 살이 부어오른다. 그걸 밑씻개로 썼다니 얼마나 시집살이

가 가혹했겠는가.

시어머니 심술로 마구간으로 쫓겨난 이야기는 지금도 들을 수 있는 이야기다.

헌데 이토록 농부들을 괴롭히는 잡초들이 왜 있는 것일까? 가만히 생각하다 깜짝 놀란다. 그 신비롭고 오묘한 자연의 법칙에 말이다.

전문적인 용어를 빌린다면 생태계 유지라는 말이 되겠는데 바로 지구의 존재 그 자체이다.

간단한 예를 본다면 우선 잡초들은 곤충을 비롯한 야생동물들의 은신처가 되며 먹이가 된다. 가축에게는 사료가 된다. 그런가 하면 저산과 들의 형태를 든든하게 유지시켜 준다. 논두렁 밭두렁도 잡초가 아니면 그 형태를 유지할 수가 없다. 잡초의 뿌리는 마치 콘크리트를 잡고 있는 철근과 같은 역할을 한다. 망상이 아니라 과학이다.

장마철 아파트 공사장이나 도로 건설현장이 그 답이다. 그리고 장마철 흙탕물이 쓸고 간 개울 변이나 강변을 보자. 바닥에 누운 잡초들이 바닥을 덮고 있지 않은가. 그것이 아니면 강변이나 개울 뚝은 모두 물에 파여 나갔을 것이다. 뿐만 아니라 유속도 완충시키지만 땅이 푹 장마철 흙탕물이 쓸고 간 개울 변이나 강변을 보자.
바닥에 누운 잡초들이 바닥을 덮고 있지 않은가.
그것이 아니면 강변이나 개울 뚝은 모두 물에 파여 나갔을 것이다.
뿐만 아니라 유속도 완충시키지만
땅이 푹푹 파이는 빗방울의 가속도 완충시켜 준다.

푹 파이는 빗방울의 가속도 완충시켜 준다.

조상의 묘에 제초제를 뿌리지 않고 일일이 깎아주는 것은 봉분의 유지를 위해서이다.

바닷물의 온도가 1℃만 올라가도 지구 곳곳에 홍수가 날 거란 과학자들의 말이 있다.

지구의 70%는 바다요, 30%만이 육지라고 하는데 그중 몇 %의 흙이 바다를 잠식한다면 어떤 결과가 오겠는가? 물탱크와 같은 숲과 흙이 사라졌으니 바위만 앙상하게 남을 것이고 강수량의 부족으로 육지는 타들어 갈 것이다. 계곡에 흐르는 맑은 물도 볼 수 없고 굽이치는 강물도 볼 수가 없을 것이다.

아~ 뽑아도, 뽑아도 끝이 없는 잡초, 그 잡초가 만물의 생명인 동시에 지구의 생명이란 사실에 경악하지 않을 수 없다. 그리고 감사하지 않을 수 없다.

숨어 살고 묻어 산다

꼬였다! 아니다. 몹시 뒤틀렸다.

"몸도 불편하신데 집에 가만히 계시지요."

버스기사의 말이 액면대로 들리지 않는다.

"집구석에 가만히 처박혀 있으라"는 말로 들린다.

서글픔에 앞서 분노가 거꾸로 솟는다.

"내가 움직이지 않으면 굶어 죽을 할망구가 있다"고 묻지 않는 말을 쏴대고 싶다.

왕년에 금송아지 타 보지 않은 사람이 없다지만 나도 젊었을 때는 하늘을 쓰고 도리질을 하라면 할 수 있는 사람이었다. 건강에 관한 한은 내가 생각해도 불가사의에 해당했다. 도무지 지칠 줄 몰랐다. 17살부터 100kg짜리 광석을 어른과 들것으로 마주 들었고, 163cm 신장에 75kg 체중으로 아주 왜소한 체격이지만 씨름, 배구, 축소야구(운동장 사정으로 손으로 치는 야구) 3종목을 돌아가며 연습하고도 한 종목을 연습한 사람보다 체력이 남아 돌아갔다. 60살이 넘어 건설현장에 다니면서도 20대, 30대 청년들이 쉬어가면서 하자고 사정을 할 정도였다. 그랬던 내가 중풍에 걸렸으니 얼마나 희망이 절망이겠는가.

아내는 휠체어가 아니면 외출을 할 수 없고
자식이란 달랑 딸 하나로 저 살기도 바쁘니 함께 살 수도 없는 형편이다.
그래서 어쩔 수 없이 휠체어를 밀고 거리에 나서면
택시도 그냥 가기가 일쑤이고 할 수 없이
홀로 아내 일을 보러 다니다 보면 버스도 서 주지 않는다.

　게다가 아내는 휠체어가 아니면 외출을 할 수 없고 자식이란 달랑 딸 하나로 저 살기도 바쁘니 함께 살 수도 없는 형편이다. 그래서 어쩔 수 없이 휠체어를 밀고 거리에 나서면 택시도 그냥 가기가 일쑤이고 할 수 없이 홀로 아내 일을 보러 다니다 보면 버스도 서 주지 않는다. 함께 타는 사람이 있으면 그들에게 묻어서 타지만 지팡이를 짚고 홀로 서 있으면 손을 흔들어도 그냥 지나가 버린다. 그래서 나는 택시나 버스에 대해서 마음이 뒤틀려 있는 것이다. 세워주지 않고 그냥 지나갈 때는 나 스스로가 비인격자란 생각이 들면서도 "더도 말고 덜도 말고 나처럼만 되라"는 저주가 절로 나오는 것이다. 그 저주가 결국엔 나에게 돌아온다는 두려움도 없지 않다.

　규정된 시간을 지켜야 하고 버스 안에서 넘어지기라도 하면 책임을 져야 하고 그런 입장을 이해하지 못하는 건 아니다. 그래서 안전에 조심하고 시간 단축에 협조하려고 노력도 한다. 타고 내리는데 건강한 사람보다 1초 내지 2초 정도 느리다는 사실을 인정하기에 늘 미안하고 감사한 마음이다. 물론 기사들이라고 다 그런 건 아니다. 10년 가까이 단골인 어떤 택시기사는 요금을 깎아주기도 했다. 78,000원이 나왔을 때 5만원을 받고 5만원이 나왔을 때 3만원을 받은 적도 있다. 그래서 일부러 나 사는 곳 덕정에서 청주까지 다녀오며 극구 사양하는 왕복 차비를 지불하기도 했다. 심지어 그는 2년에 걸쳐 명절 때 선물까지 하곤 했다. 결코 택시기사 동료들에게 칭찬받지 못할 일을 이처럼 공개하는 것은 오는 정이 있으면 반드시 가는 정도 있다는 사실을 알리기 위함과 함께 이런 인간관계가 많이 이루어짐으로 마음으로나마 세상이 밝아지기를 바라서이다.

나는 그런 걸 의식하지 않지만 젊었을 때는 물론 지금 편 마비의 몸으로 홀로 언덕을 올라가는 휠체어를 보면 밀어주곤 한다. 보답을 받으려는 게 아니라 그렇게 하면 나는 마음이 평온하다 못해 행복까지 느낀다. 천성인지는 몰라도 나는 젊었을 때 가락동에서 도봉산까지 하체마비 여인을 외출시킨 적도 있다.

시집을 통해서 알게 되었는데 그녀는 대접에 물을 떠다 놓고 파도 소리를 듣고 평생 소원은 숲과 하늘을 보는 것이라고 했다. 그래서 그를 외출시켰던 것이다. 내가 남자이니 만큼 부담이라도 느낄까 봐 회사 아가씨에게 부탁해서 동행을 했던 것이다. 그녀의 행복에서 나의

그녀는 대접에 물을 떠다 놓고 파도소리를 듣고 평생 소원은
숲과 하늘을 보는 것이라고 했다.
그래서 그를 외출시켰던 것이다.
내가 남자이니 만큼 부담이라도 느낄까 봐
회사 아가씨에게 부탁해서 동행을 했던 것이다.

행복을 느꼈다고 하면 위선이라 할지 모르지만 자원봉사자들의 봉사
활동이 결코 등 떠밀려 하는 게 아니라 자기 기쁨과 행복 때문이라는
사실을 나는 믿는다.

　정부 시책에서부터 사회 곳곳을 살펴보면 장애인들을 위한 시설이
너무 부족하다. 병원도 그런 곳이 많고 음식점도 그런 곳이 많다. 이
런 곳일수록 장애인들의 이용도가 높은 곳이다. 장애인들을 위한 시
설이라야 별게 아니다. 출입을 하는 곳에 휠체어가 다닐 수 있도록 하
자는 것이다. 여건상 아주 불가능한 곳도 있을 수 있다. 나는 가능한
곳을 두고 하는 말이다.

　장애인 시설은 장애인만 위한 것이 아니다. 노약자도 위하고 때로
는 건강한 사람도 사용할 수 있다. 그러나 무엇보다도 주인 자신을 위
한 것이다. 장애인 시설을 보면 그 주인의 의식 수준을 알 수 있다. 존
경의 마음이 앞선다. 돕고 싶은 생각이 든다. 자연적으로 사람이 많이
모여들 것이 아닌가.

　나의 이 같은 생각이나 말이 사회적으로 영향을 줄 수 있는 사람의
말이라면 언젠가 여당 대표가 시골로 이사를 갔을 때 밭에 뿌린 거름

이 냄새가 난다는 말 한 마디로 몇십 년 해 온 밭의 거름을 걷어내고 밭을 새로 갈아엎었던 것과 같이 행정기관에서 야단을 떨었겠지만 내 말은 아무 의미도 없는 것을 안다. 하지만 스트레스를 위해서 불만 불평은 할 수 있다고 본다.

아는 사람은 알겠지만 '영자의 전성시대' 란 소설이 있었다. 순진한 시골 처녀가 도회지로 올라와서 거친 세상에 시달리며 적응해 가는 과정을 그린 것이다. 그는 버스 안내양 시절 한쪽 팔을 잃고 마지막엔 사창가 창녀로 전락한다. 물론 생존을 위한 것인데 그를 생각하면 지금도 울컥한다.

상황에 떠밀려가는 내 인생과 닮은 데가 있기 때문이다. 인간은 이처럼 누구나 원하지 않는 길을 갈 수도 있는 것이다.

장애인들의 낙원은 바라지 않는다. 적어도 외출만이라도 편안히 했으면 좋겠다. 시설이나 제도가 아니라 모든 사람들의 의식변화 말이다.

그러면 나는 숨어서 살고 묻어서 살지 않아도 될 것이다.

다시 태어난다면

'**다**시 태어난다면?'

있을 수 없는 이야기다. 그러나 누구나 한 번쯤 아니 문득문득 생각나는 이야기이다. 자신이 살아온 생이 너무나도 아쉽고 후회되는 일이 많기 때문이다.

인간에게 있어서 후회란 그 어떤 고통보다도 아픈 사연이다. 그 슬픔도, 외로움도, 그리움도 고통을 안겨주지만 이런 것들은 세월이 가면 잊을 수도 있고 대신으로 메꿀 수도 있다. 그러나 후회는 그 무엇으로도 대체가 불가능하다. 세월이 갈수록 더욱 사무치게 아픈 것이다

주어진 주제를 전제로 답변을 한다면 나는 제일 먼저 어머니 앞에 무릎을 꿇고 뼈 속의 눈물이 다 마를 때까지 사죄를 하고 싶다. 용서받을 수 없는 죄를 너무도 많이, 그리고 깊이 지었기 때문이다.

어머니 앞에서 사형이라는 검사 구형에 무기징역을 받고 16년 동안 감옥살이를 한 것 말고 더 아픈 상처를 깊이 드렸기 때문이다.

그것은 '손주 한 번 안아보고 싶다'고 하실 때 '나처럼 기를까 봐 낳지 않는다'고 한 말이다.

143

뜻대로 살아지지 않는 세상에 대한 원망과 한 때문에 독백하듯 한 말인데 어머님에게는 나의 모든 불행이 부모님 때문이라고 항의하고 원망하고 책임을 돌리는 말로 들리셨나 보다.

사실 어머니는 그날 먼 길을 오셨다가 바로 돌아가시며 허무와 슬픔과 배신의 고통을 주체하지 못하셨다. 축대를 더듬어 언덕을 내려가시며 축대 벽에다 머리를 찧고 손등을 자꾸만 눈으로 가져가시며 쓰러질 듯 휘청거리셨다.

어린 광부시절 임금문제로 어른들의 꼬임에 앞장섰다가 쫓겨났을 때 어머니는 한 마디 원망도 없이 "이 기회에 세상 구경이나 실컷 하고 오라"고 하셨던 어머니다.

16년 옥살이 면회 때마다 눈물 한 번 보이시지 않고, "내가 돈이 많아서 유학 보낸 셈 칠 테니 공부나 실컷 하라"고 하셨던 어머니다. 그토록 꿋꿋하셨던 어머니가 얼마나 충격이 크셨으면 소리 없이 통곡하셨겠는가.

부모로서 자식에 대한 가장 큰 아픔은 자식의 아픔이기도 하지만 희생을 몰라주는 배신임을 나는 뒤늦게서야 알았다. 그래서 가장 먼

16년 옥살이 면회 때마다 눈물 한 번 보이시지 않고,
"내가 돈이 많아서 유학 보낸 셈 칠 테니 공부나 실컷 하라"고 하셨던 어머니다.
그토록 꿋꿋하셨던 어머니가 얼마나 충격이 크셨으면
소리 없이 통곡하셨겠는가.

저 할 일은 사죄이며, 두 번째는 폐암 수술을 해 드리는 것이다.

어머니는 76세 때 약 한 알 잡숴 보지 못한 채 세상을 떠나셨다. 돌아가시기 직전 일년 내내 병원엘 다녔으나 노환이며 감기라고만 했다. 의사도 잘못이지만 나도 잘못이었다. 다른 병원에 가봤어야 했다. 그리고 연세 때문에 수술이 어렵다고 했을 때 마취에서 깨어나지 못할지라도 수술을 받으시도록 했어야 옳았다. 결국 내가 후회로부터 벗어나려는 나를 위한 행동에 불과하지만 그래도 수술을 받으시도록 하는 것이 도리였다.

어머니는 진단 받은 날로부터 딱 열흘만에 돌아가셨다. 아무리 암이 무서운 병이라 할지라도 그렇게 빨리 사망하는 병은 아니다. 열흘동안 어머니는 곡기를 끊으셨는데 여기에 내 입으로 말할 수 없는 무서운 결심이 있었던 것이다. 자식들에게 짐이 되지 않으시려는 사랑이 아니라 차라리 고문 말이다. 나는 어머니에 대한 잘못은 오래 전부터 알고 있었지만 어머니의 무서운 결심을 안 것은 얼마 되지 않는다. 그래서 나는 30년 넘게 한 마을에서 살면서 나의 과거를 숨겨 왔다. 그러나 어머니에 대한 속죄의 마음으로 시비를 세우면서 나의 과거가

폭로되었다. 나의 과거를 고백해야 어머님의 고통을 알 수 있겠기 때문이었다. 나를 숨기고 속죄 한다는 건 위선일 뿐 아무 의미도 없다.

이제 마지막으로 세 번째 이야기를 해 보자.

우선 국회의원이 되어 정말 싸움 밖에 할 일이 없는지 확인한다. 국회의원이 되는 것은 어렵지 않다. 법대 나와서 검사가 된 후 굵직한 정치범 하나 때려잡으면 여당이든 야당이든 자리 하나 줄 것이다. 아니면 정부 비판 거칠게 하고 감옥에 몇 번 다녀오던가.

어쨌든 국회의원이 된 후 야당에 가면 여당편, 여당에 가면 야당편을 든다. 그래야만 협치도 되고 정치개혁도 된다. 당리당략에만 끌려가다 보면 식물국회, 사망국회는 여전하다. 꼴통의원으로 왕따되고 보면 오히려 인기가 높아서 무난히 대통령이 된다.

그리고 통일을 시킨다. 남쪽 기술자원과 북쪽 지하자원을 이용해서 임기 내에 세계 3위 경제대국을 만든다. 군사대국은 물론이다. 핵무기는 만들 필요도 없다. 태양열로 날아오는 미사일을 파편도 없이 녹여버린다. 사드(THAAD) 같은 건 무용지물이다. 한꺼번에 수십 개 내지는 수백 개가 날아오는데 어떻게 막느냐 이 말이다. 아니다. 북한과

통일을 시킨다. 남쪽 기술자원과 북쪽 지하자원을 이용해서
임기 내에 세계 3위 경제대국을 만든다.
군사대국은 물론이다. 핵무기는 만들 필요도 없다.
태양열로 날아오는 미사일을 파편도 없이 녹여 버린다.
사드(THAAD) 같은 건 무용지물이다.

통일이 됐는데 왜 전쟁이 일어나겠는가. 미국에서 사들여 오던 남쪽 무기 자금과 소련과 중국에서 사들여 오던 북쪽 무기 자금을 합쳐서 우주 개발에 사용한다. 일본은 꼬리를 내리고 눈치만 본다. 독도문제는 저절로 해결된다.

어차피 주제가 망상이었음으로 크게 한 번 놀아 보았다.

공상이 현실이 된 과학도 많은데…….

당번 없는 중대장

한 때 땅콩사건이라 해서 세상이 시끌벅적한 일이 있었다. 바로 대한항공 조양호 회장의 큰딸 조현아 부사장이 비행기를 돌린 사건이다. 그로인해 문제가 된 것은 직권남용이다 뭐다가 아니라 엉뚱한 가정사 문제였다.

회사 직원 또는 가정부에게 부리는 횡포였다. 그들에겐 법도 도덕도 없었고 상식도 없었다. 오로지 돈의 힘만 있었다.

얼마 후 비슷한 사건이 또 언론들을 바쁘게 만들었다. 해군 참모총장인가 뭔가 하는 사람의 집에서 일어나는 일들을 세상에 알린 것이다. 재택 중에 일어나는 군 비상업무를 신속히 알리기 위해서 있는 공무 연락병인데 그들에게 정원의 잔디를 깎게 하고, 개 목욕을 시키고, 개 밥그릇을 청소시키고 그랬다는 것이다. 객관적으로 볼 때는 해서는 안 될 일이지만 그들의 입장에서 보면 하나도 이상하지 않다. 그들을 옹호하자는 뜻이 아니라 우리 사회에 있는 사람들의 보편적인 생활이라는 사실이다. '밭 팔아 논 살래'는 쌀밥 먹자고 하는 일이듯 있는 사람들이 사람을 쓸 때는 자기 편하자는 당연한 일이라는 것이다. 우리는 모두 잊어서 그렇지 머슴의 뿌리 식모(도우미)의 뿌리를 보면

객관적으로 볼 때는 해서는 안 될 일이지만
그들의 입장에서 보면 하나도 이상하지 않다.
그들을 옹호하자는 뜻이 아니라
우리 사회에 있는 사람들의 보편적인 생활이라는 사실이다.

있는 자들의 횡포가 아니라 당연한 권리라고 생각할 것이다. 돈의 대
가이니까.

 한 발 늦어 지나간 버스가 손을 흔든다고 돌아오지 않는다. 그러나
"나 면장 마누리야!"하면 그 버스가 돌아온다. 자유당 시절(이승만
대통령 시절) 권력자들의 횡포를 풍자한 말이지 사실일 수는 없다. 풍
자는 그래서 역사의 반영이기도 한데.
 '중대장 각시'라는 말도 일선 지구에서 유행됐던 시절이 있다. 물
론 풍자인데 전시는 물론 작전 지구내에 움직이는 물체가 나타나면
군 보초병은 "정지! 누구야? 암호?"하고 구령을 하게 되어 있다. 암호
를 대지 못하면 적군으로 간주하고 발포하게 되어 있다. 그러나 암호
를 모르는 중대장 부인이 다급한 나머지 '중대장 각시'하고 자신의
신분을 밝히는 것이다.
 그래도 군법은 사살하게 되어 있지만 사살하지 못한다. 중대장의
막강한 권한 때문이다. 엄격히 따지면 그 보초병은 직무 태만이다. 남
편이 중대장이면 아내는 대대장이란 말이 그래서 생겨난 것이다. 아

마도 법을 가장 무시하고 사는 사람이 전직 어느 대통령이 아닌가 싶다.

그는 집권 쟁취부터 그랬지만 추징금을 끝까지 버티고 있기도 하다. 집권시절 가족들의 비리를 비서진이 문제 삼을 때 "내 식구 내가 지켜야 한다" 면서 양심 있는 비서진과 갈등을 빚기도 하지 않았는가.

나는 어려서 뺑뺑 돌아가며 군부대가 있는 한복판에서 살았다. 몇 집 건너 한 집 꼴로 아니면 앞 뒷집에 군인 가족들이 살았다. 그러다 보니 그들의 생활을 가까이에서 볼 수 있었다. 아마도 핸드폰이 없는 시절이어서 그랬는지(사실은 전화기도 귀했다) 중대장만 되면 당번이라고 하는 연락병이 있었고 열대여섯 살 되는 처녀 아이들이 식모(도우미)로 있었다.

식모와 연락병은 드물게 부부가 되기도 했지만 요즘 말로 성폭행 사건이 빈번했다. 문제 삼는 사람이 없었다. 찔찔 짜다가 그만이었다. 모두가 남의 일이었다. 그런 가운데 내가 사는 마을엔 모부대 중대장이 셋이 살고 있었다. 같은 대대 소속이었다.

그중에 연락병도 식모도 두지 않은 중대장이 있었다.
중대장 자신이 직접 나무도 패고 샘터에서 물도 길어왔다.
부인이 직접 할 때도 있었다.
옆집에 연락병들이 마주앉으면 그 중대장 칭찬이 대단했다.
한 마디로 멋이 있고 군인답고 존경스럽다는 것이었다.

헌데 그중에 연락병도 식모도 두지 않은 중대장이 있었다. 중대장 자신이 직접 나무도 패고 샘터에서 물도 길어왔다. 부인이 직접 할 때도 있었다. 옆집에 연락병들이 마주앉으면 그 중대장 칭찬이 대단했다. 한 마디로 멋이 있고 군인답고 존경스럽다는 것이었다.

그러던 어느날 모부대 정문 앞에서 군인들의 패싸움이 벌어졌다. 평소에도 술집 앞이나 다방 같은 곳에서 군인들의 충돌이 있었지만 백차가 나타나거나 헌병들이 호각을 불면 싸우던 군인들은 연기 사라지듯 사라졌다. 그런데 이 날은 아니었다.

탱크가 부대를 에워싸고 정문 앞에도 몇 대 있었다. 그리고 탱크 앞에도 군인들이 빽빽히 서 있었다. 철조망 안에서도 군인들이 대치하고 있었다. 그 가운데 헌병 백차가 가로막고 해산을 명령했으나 소용없었다. 탱크부대쪽에 장교들도 해산을 명령했으나 소용없었다.

이때 사복 바람의 당번 없는 중대장이 나타났다.

"뒤로 돌앗!"

중대장은 탱크부대쪽의 군인들을 향해서 구령을 붙였다. 기적이 일어났다. 군인들은 일제히 돌아섰다.

"앞으로 갓!"

군인들은 마치 훈련을 받는 것처럼 일제히 걸어갔다. 주위에서 구경하던 민간인들 속에서 박수가 터져 나왔다. 철조망 안에서 대치하고 있던 군인들도 박수를 쳤다. 장난이 아니라 매우 엄숙했다.

전에 당번들의 이야기 속에서 들어온 바지만 그 중대장은 한밤중에 비상도 걸지 않고 연병장을 돌리는 단체기합도 주지 않았다. 그러면서 위에서 주는 상은 다 받았다. 일개 대대 3객 중대장 중에서 제일 먼저 승진해서 어디로 갔다는 말을 들었는데 당번들에게서 또 이런 말도 들었다.

"부하를 이해하면 통솔이 되지 않는다. 그러나 부하를 이해하고 아끼면 통솔은 저절로 된다!"

나는 회사생활 때 늘 그 말을 생각했다.

정주영 회장의 마지막 구상

20 19년 10월 29일 현대 아산 금강산 관광 시설물을 철거하라는 북측의 통보가 왔다. 정치적인 문제야 어떤 예측도 결론도 불가능한 일이지만 애초에 금강산 관광이 폐쇄된 데 대해서는 아쉬운 한편 분노가 치밀어 오른다. 그 동기가 한 여인의 이해도 용서도 안 되는 행동 때문에 일어났기 때문이다. 왜 들어가선 안 되는 금지구역에 들어갔느냐 말이다. 미지에 대한 호기심이 자기뿐이었나.

당시 금강산 관광을 갔다면 다른 건 몰라도 물질적인 여유는 있었던 모양인데 그게 문제였다. 있는 사람이라 하면 세상 일이 다 자기 마음대로 된다는 착각을 하기 쉬운 것이다. 신분이 밝혀지지 않은 것으로 보아 내가 잘못 짚은 건 아니다. 언론을 막은 거라면 고위 공직자의 가족일 수도 있다. 그렇다면 더욱 신중했어야 했다. 위협사격을 하지 않고 곧바로 사살한 것을 문제 삼는 시각도 있지만 우리나라 법도 금지구역에 들어오거나 작전중 암호를 대지 못하면 발포하게 되어 있다. 만일 그렇게 하지 않으면 그는 근무 태만이 된다.

그렇다고 어렵게 열린 남북의 문을 즉각 닫아 버린 정부의 태도도 결코 잘한 것은 아니다. 좀더 신중했어야 옳았다. 얼마만에 어떻게 열린 남북의 문인데 그렇게 쉽게 닫아 버렸느냐 말이다. 그렇게 하지 않으면 국민들이 와글와글하거나 촛불이라도 들까 봐 겁을 집어 먹었었나. 물론 자기 의무는 다하지 않고 권리만 주장하는 일부 국민들도 문제이긴 하다. 그렇더라도 정부는 적극적으로 이해를 시켰어야 옳았다.

한 나라를 지키자면 많은 군인이 필요하다. 전쟁이 일어나면 어쩔 수 없이 많은 군인이 희생된다. 한 여인의 생명을 소홀히 하자는 이야기가 아니라 어느 것이 더 국가를 위해서 현명한 결정이었나를 생각해 보자는 것이다. 그것이 어려웠다면 여론을 한 번 들어볼 필요도 있다. 여론에 의해서 결정했다면 훗날 할 말이 있는 것이다. 나라의 자존심과 체면을 우선으로 했다가 지금 얼마나 많은 손해를 보고 있는가.

어렵게 열린 문은 닫혀 버리고 전쟁의 협박을 때도 없이 받고 안보를 보장받기 위해서 우리는 지금 많은 것을 잃고 있지 않은가. 신문이나 방송에서 들은 이야기가 아니라 전철 안에서 흥분한 노인들의 말이라서 다 믿기는 어렵지만 쌀값이 치솟고 재고가 바닥나는 것은 정한 나라를 지키자면 많은 군인이 필요하다.
전쟁이 일어나면 어쩔 수 없이 많은 군인이 희생된다.
한 여인의 생명을 소홀히 하자는 이야기가 아니라
어느 것이 더 국가를 위해서 현명한 결정이었나를 생각해 보자는 것이다.

치의 안정과 북으로부터의 위협을 면하기 위해서라고 한다.

많이 잘못하고 있다는 말인데 나는 그것만은 어쩔 수 없는 선택이라고 이해한다. 전쟁을 하는 것보다는 작은 비용일 테니까 말이다. 문제는 그렇게 하고도 계속 안보 불안을 보장받지 못하고 있다는 사실이다.

걸핏하면 불바다 어쩌구 심지어는 국가를 대표하는 사람들을 앞에다 놓고 "냉면이 목구멍에 넘어 가느냐!"는 수모까지 당하지 않았는가. 그런 모욕을 당하고도 우리는 아무런 태도도 취하지 못했다. 조용히 젓가락을 놓고 자리를 털고 일어나는 사람도 없었다.

우리에겐 그들과 싸울 자신이 없었다. 그렇다면 한 여인의 죽음으로 그렇게 간단히 문을 닫을 일이 아니다.

경제든 문화든 정치든 우리는 북과 문을 열어야 한다. 운명이요, 시대적 사명이다.

금강산은 지구상에 마지막 남은 관광보물이다. 세계 어느 곳에도 이만한 곳이 없다는 게 아니라 무엇이 숨겨져 있는지 알 수 없고 아무나 들어갈 수 없는 곳이라는 말이다. 세계 여러 나라 좋은 곳은 세상에 다 알려졌고 돈만 있으면 누구도 볼 수 있는 곳이다.

그래서 금강산만큼 희소가치가 없다는 것이다. 인간은 미지의 세계에 대 강한 호기심을 가지고 있다. 나이아가라폭포, 이과수폭포를 거기 가야 볼 수 있듯이 금강산 구룡폭포도 깊이를 알 수 없는 소풍을 거기 가야만 볼 수 있다.

나는 일제 때 나온 금강산 관광 안내서를 본 적이 있다. 솔직히 사진으로 본 금강산이지만 세계 어느 나라에도 이처럼 황홀하고 신비스러운 경치가 없었다. 혹시 기억하는 사람이 있을까 해서 밝혀 두는데 그 책 표지는 남색 베르도로 되어 있고 금박 글씨로 표제가 써 있었다.

정주영 회장은 그것(금강산 관광)을 보았다. 세계를 상대로 하는 건설업은 이제 한계가 왔다고 본 것이다. 필요한 건 거의 갖추었고 건설업자들도 난립했다. 그러나 금강산 관광은 미지의 세계였다. 그래서 소 5백 마리와 트럭 5백 대로 그 문을 연 것이다. 그러나 정주영 회장은 금강산만 본 것이 아니다. 북한에는 백두산을 비롯해서 2천 미터가 넘는 산이 스물두 개나 된다. 일컬어 백두대간이라고 하는 건데 산이 높으면 골이 깊다. 그리고 골이 깊으면 자연히 물이 차고 넘친다.

정주영 회장이 누구인가. 아산만 매립 때(지명에 혼동이 있으면 정정 바람) 세계적인 공학박사들도 해내지 못한 마지막 물막이 공사를 그가 해내지 않았던가. 그때 썰물의 유속 때문에 집채 같은 바위로도 막지 못한 수로를 유조선 폐선으로 막은 장본인이다.

내가 정주영 회장에 대해서 지나친 욕심을 부리는 건지 모르지만 정주영 회장은 거기에서 그치지 않고 앞으로 닥칠 물 부족 문제까지도 연관시켜 생각했을 것으로 믿는다.

동쪽으로는 두만강과 허천강을 연결하여 원산을 돌아 북한강에 연결하고 이미 남한강과 합류한 북한강은 안동과 대구를 거쳐 울산 태화강으로 합류시키고 서쪽으로는 압록강, 청천강, 대동강을 합쳐 한탄강과 묶어 수원과 대전을 경우해서 광주를 지나게 하는 것이다.

대한민국의 총 길이가 삼천리 밖에 안 되니까 한국의 미시시피강은 될 수 없고 아마도 동쪽은 한국의 양자강, 서쪽은 한국의 아마존강을 구상했을지도 모른다. 이건 허황된 망상이라 할지 모르지만 꼭 그렇지만은 않다.

언젠가 대통령 후보로 나온 허경영인가, 박경영인가 하는 사람이

물 부족문제를 들고 나왔고, 지구상의 민물 5분의 1을 담수하고 있는 소련의 바이칼 호수의 물을 끌어 오겠다는 공략을 내걸기도 하지 않았던가.

지금까지 인류는 필요하면 만들었다.

어느 시기에 가서 그 필요성을 느끼고 실현될지도 모른다.

마음만 먹으면 별에도 가는데 뭘…….

눈물을 감추려고

나는 아내에게 큰절을 한 적이 있다. 전통 혼례식 때도 아니고 설 때도 아니고 추석날이었다. 누가 들어도 조금 모자라거나 아내에게 아첨을 떨었다고 낄낄거리겠지만 아무래도 상관없다.

아내에게 모자라거나 아첨을 떨어서 손해볼 것 없지 않은가. 사실 아내에게 한 수 부족하게 사는 것이 그 집안이 조용하고 편할 수도 있다.

TV에 나오는 성공한 사람마다 어렸을 때 배 곯지 않은 사람은 없었다. 껌팔이, 구두닦이, 성냥팔이, 신문배달, 밥이 될 수 있는 일이면 무엇이든지 했다. 그러나 도둑질했다는 사람은 한 사람도 없었다.

그러나 나는 금광석 방앗간 수로에 앉아서 밤새도록 침전된 석분(금이 섞인 석분은 무거워서 가라앉는다)을 퍼올리고 원장 엄마 개밥 그릇에서 생선 뼈다귀를 훔쳐 먹기도 했다. 그러다가 들켜서 밥을 굶기고 나무에다 붙들어 맨 채 밤을 새우기도 했다.

창고 앞에 떨어진 날콩을 주워 먹고 설사를 했을 때도 그랬다. 그러나 어린 시절 내 기억에 가장 잊어지지 않는 것은 열세 살에 술을 끊었다는 사실이다.

이만하면 결심이 대단하고 멋진 인간 아닌가. 그 인간 싹수가 노랗다고 비난한다면 변명할 시간을 눈꼽만큼만 주기를 바란다.

고향이 이북인 나는 6.25전쟁 때 피난을 남쪽으로 온 게 아니라 거꾸로 북쪽으로 갔다. 서울에서 전쟁을 만났으니까 북쪽 고향 평강으로 가려면 의정부를 지나 철원을 거쳐서 바로 산 넘어 평강으로 갈 것이지 춘천을 거쳐 화천으로 향했다.

1946년 내 나이 6살 때 나는 어머니와 함께 월남을 했다. 월남하면 먼저 생각하기를 어떤 이념을 떠올리지만 그런 건 아니고 가장 문제로 해서 잠시 춘천에 있는 외가에 다니러 왔다가 3.8선이 막혀 버렸던 것이다.

6.25전쟁 후 이산가족이란 말이 생겨났는데 아마도 이산가족이라 하면 내가 제일 고참인지도 모르겠다. 북에는 두 누나와 여동생이 하나 있었다. 그래서 가족 찾아 거꾸로 피난이 아닌 가족 찾아가던 길인데 화천에서 길이 끊기고 말았다. 휴전이 된 것이다.

가도 그만 와도 그만 어차피 타향땅이 아니라 다시 전쟁이 와서 밀

6.25전쟁 후 이산가족이란 말이 생겨났는데
아마도 이산가족이라 하면 내가 제일 고참인지도 모르겠다.
북에는 두 누나와 여동생이 하나 있었다.
그래서 가족 찾아 거꾸로 피난이 아닌 가족 찾아가던 길인데
화천에서 길이 끊기고 말았다. 휴전이 된 것이다.

고 들어가던지 통일이 되면 한 발짝이라도 먼저 가족을 만나기 위해서 그냥 그대로 눌러앉기로 했다.

당시 화천은 기왓장 하나 겹친 게 없을 정도로 초토화되어 있었다. 자라면서 들은 말이지만 당시 이승만 대통령이 3.8선 이북엔 면소재지만 되어도 집 한 채 남기지 말고 부숴버리라고 했다는 것이다. 헌데 그 잿더미 위에 천막 공장이 약삭빠르게 하나 들어섰다.

명랑양조장이라고 하는 술 공장이었다. 어머니와 나는 복 많게도 이곳에서 일을 하게 되었다. 물론 밥만 얻어먹는 조건이었다. 그것도 없어서 굶는 날이 많았던 나였다.

그랬으니 복이 많다는 게 아닌가. 어머니는 직원들 밥을 해 주고 나는 상표를 붙이는 일이었는데 그곳에서 만드는 술은 소주와 매실주라고 하는 색소가 있는 술이었다.

그러던 어느날 포도주라는 것도 새로 만들기 시작했다. 빛깔도 기가 막히게 예뻤지만 그 맛 또한 기가 막히게 좋았다. 바로 포도주를 만들기 시작한 첫날 나는 병마개 막다가 파손된 포도주를 갖다가 홀짝홀짝 마셨다.

그리고는 그 자리에서 푹 고꾸라지고 말았다. 때는 겨울철인지라 책임자 아저씨가 나를 따뜻한 사장 방에다 안아뉘었다. 어린 게 벌써 술사가 있었는지 아니면 속이 볶개었는지 사장방을 엉망으로 만들고 말았다.

그 길로 사장은 우리 모자를 빠이빠이했다. 누가 시킨 것도 아닌데 나는 스스로 서른일곱 살까지 술을 마시지 않았다. 기회도 없었다.

한평생 나그네 신세다 보니 누구와 어울리기도 어려웠을 뿐더러 직장생활을 할 때는 일하기가 바빴다. 남들 낚시 가고 술 마시는 시간에 일을 하면 그만큼 표가 난다는 사실을 알았다.

최저임금이 얼마다, 주 몇 시간 근무다, 하고 근로자를 지나치게 보호하는 요즘 세대들은 이해를 못하겠지만 나의 젊은 시절엔 그런 게 없었다. 연장근무, 휴일근무에 붙는 수당 때문에 서로 연장근무를 하려고 부서 책임자 술 사주어가며 연장근무를 자청할 때다.

이렇게 어렵게 살아온 만큼 추석 명절이나 설 명절이 별로 반갑지 않았다. 계획에 없던 돈을 써야 하기 때문이었다.

그러던 어느 해 어머님이 돌아가셨다.

나는 아내에게 고마운 한 편 평생 배를 곯아 오신 어머님이 생각났다.
나는 울컥 눈물이 났다.
나는 아내와 딸 앞에서 눈물을 감추려고 아내에게 넙죽 절을 했다.
그러나 "수고 했소! 고맙소!" 하는 인사 속에는 눈물이 철철 넘쳐흘렀다.
울음 섞인 목소리에 아내도 눈물을 글썽였다.

바로 그해 추석이었다. 교잣상 하나 가득히 음식을 차렸다.

나는 아내에게 고마운 한 편 평생 배를 곯아 오신 어머님이 생각났다. 나는 울컥 눈물이 났다.

나는 아내와 딸 앞에서 눈물을 감추려고 아내에게 넙죽 절을 했다.

그러나 "수고 했소! 고맙소!" 하는 인사 속에는 눈물이 철철 넘쳐흘렀다. 울음 섞인 목소리에 아내도 눈물을 글썽였다.

세금포탈

*해*마다 연말이면 고액 세금 포탈자 명단이 발표되곤 한다. 어떻게 얼마를 징수했다는 말은 없다.

가택 수색에서 각종 보석과 금괴는 물론 5만원권 현금 다발이 짊어져도 한 짐은 넘게 쏟아져 나오기도 한다. 과장이 아니다. 5만원권 5억이면 백장 묶음 백다발이다.

이렇게 돈을 두고도 어떻게 몇 해씩 세금을 안 내고 견딜 수 있었는지 그것이 궁금하다. 일반 서민들이 세금을 내지 못하면 당장에 단수, 단전을 하지 않는가. 그래서 서민들이 가장 무서운 게 세금이다. 강도는 형편에 따라 사정을 봐주지만 세금은 봐주는 게 없지 않는가.

행정 착오로 영수증이 없으면 두 번 내라고 해도 안 낼 방법이 없다. 방법이 있다면 저승에 가서 영수증을 찾아올 수밖에 없다. 그런 억울한 일을 당하지 않으려면 조상님 위패는 보관하지 않아도 영수증은 5년간 모셔야 한다. 이렇게 강력한 법이 어째서 고액 세금 포탈자에게는 문안조차 없었는지 모르겠다.

혹시 세무 공무원과 어쩌구 저쩌구 한 건 아닌지 의심도 간다. 허위 사실 유포, 명예훼손 어쩌구 하며 나의 손목에 은팔찌라도 끼울지 모

행정 착오로 영수증이 없으면 두 번 내라고 해도 안 낼 방법이 없다.
방법이 있다면 저승에 가서 영수증을 찾아올 수밖에 없다.
그런 억울한 일을 당하지 않으려면
조상님 위패는 보관하지 않아도 영수증은 5년간 모셔야 한다.
이렇게 강력한 법이 어째서 고액 세금 포탈자에게는
문안조차 없는지 모르겠다.

르지만 사실 문제가 세상에 알려지기도 하지 않았던가.

상습적으로 지능적으로 세금을 내지 않는 사람들을 처벌하는 법은 없는 모양이다. 그렇지 않고서야 어떻게 몇 년씩 몇 백억씩 내지 않고도 견딜 수가 있느냐 말이다.

신문에도 났지만 동전 한 잎, 마늘 한 접, 감자 한 바구니 캐고도 벌을 받지 않는가. 누군가도 말했지만 법을 만드는 사람들이 자신들을 위한 법은 잘 만들면서 고액 세금 포탈자를 처벌하는 법은 왜 만들지 않는지 모르겠다.

그 자체도 문제다. 선진국일수록 공직자 처벌 규정이 강력하다고 한다. 국회의원 국회에 나오지 않으면 봉급도 깎이거나 아예 몰수하는 나라도 있다고 한다. 더욱이 모순인 것은 일 잘하는 근로자들에겐 세금을 선금까지 받지 않는가. 어느 나라 총리는 도우미도 두지 않고 자신이 직접 살림까지 하지 않는가.

자랑으로 오해할지 모르지만 나는 전두환 전 대통령과 10년간 연하장을 주고 받은 일이 있다. 처음 3년 동안은 받기만 했는데 나중에 예의가 아닌 것 같아서 내가 먼저 하기도 했다. 연유는 백담사 유배시

위로의 편지 한 장이 동기가 되었는데 그 전에 그러니까 국보위 시절 건의서를 낸 일이 있었는데 거기에 답신이 왔다. 그 감사였다.

　박정희 사건 이후 여·야 갈등없이 전과 말소법을 만들기도 했는데 거기에 모순이 있었다. 10년 이상 복역한 사람은 제외하고 10년 미만 복역한 사람에 한해서 10년 동안 재범을 하지 않으면 자동으로 전과가 말소된다는 것이다. 전과 때문에 사회생활에 어려움을 겪고 있는 사람들을 구제하기 위한 것이었다.
　바로 모순은 이 점이었다. 사회생활의 어려움은 오히려 10년 이상 복역한 사람들이고 재범의 확률로도 10년 이상 복역한 사람들이 훨씬 낮았다. 그리고 10년 이상 복역한 사람들은 중죄를 지은 만큼 장기 복역을 하지 않았는가.
　이 점을 들어 김종필과 김대중 양당 대표에게 진정서를 냈으나 아무런 답변이 없었다. 그래서 전두환 비대위원장 앞으로 같은 취지의 진정서를 냈는데 즉시 회답이 왔다.
　그때 내가 느낀 것은 국민의 목소리를 들을 줄 아는, 국민에게 관심

바로 모순은 이 점이었다.
사회생활의 어려움은 오히려 10년 이상 복역한 사람들이고
재범의 확률로도 10년 이상 복역한 사람들이 훨씬 낮았다.
그리고 10년 이상 복역한 사람들은
중죄를 지은 만큼 장기 복역을 하지 않았는가.

을 가진 사람이라고 생각했던 것이다.

그래서 백담사 시절 위로 겸 그때의 감사를 전했던 것인데 하산 후 추징금 문제가 세상에 알려지기 시작했다. 그만한 재산을 두고도 버틴다는 것이었다. 그리고 통장에 돈이 20 몇만 원 밖에 없다고 버텼다.

나는 매우 실망했다. 일국에 대통령까지 지낸 사람이 이 정도의 양심이라면 누구를 어떻게 평가하겠는가.

적어도 그는 반성의 태도만이라도 보여야 했다. 언제나 당당하고 뻔뻔했다. 법정에는 건강상의 이유로 나가지 못한다면서 골프는 치러 다녔다. 이런 사람이 장기 집권을 했다면 나라 모양새가 어떻게 되었는가를 생각하지 않을 수 없다.

개인적인 입장에서 보면 그의 평판이 나는 배신자다. 배신자가 되는 한이 있더라도 고액 세금 포탈자들을 곱게 볼 수는 없다. 서민의 입장에서 보면 그들은 절도, 강도, 폭행범보다도 더 악질적이다.

절도, 강도, 폭행은 배도 고프지만 단순하다. 지능적이 아니다. 계획적이 아니다. 우발적이다. 그러나 고액 세금 포탈자들은 지능적이고

계획적이다. 그리고 비양심적이고 반역적이다.

무엇보다도 나라를 무시하는 자들이다. 이런 사람들일수록 사업을 했다면 근로자들의 피땀을 빨았을 것이고 임대업자라면 세입자들의 가슴에 못을 박고 눈물을 긁어모았을 것이다.

하나도 알아주지 않는 넋두리한 것은 나 자신이 피해자로 평생 살아왔기 때문이다.

주인집에 불 때주고 나는 냉방에서 살았고(난방 코일을 자신들의 방을 돌아나오도록 배관) 자신의 아이들이 깬 유리창을 우리가 물어야 했고 수도요금, 전기요금은 열배가 넘게 물으며 살아왔다.

왜 그렇게 바보처럼 살았느냐고 하겠지만 당장에 이사갈 형편이 못되기 때문이었다. 일 년에도 몇 번씩 올리는 전세, 월세 내지 못하면 방 뺀다는 게 상식 아닌가.

하도 억울하게 살아서 입장이 바뀌었을 때 형편마다 전세를 올리거나 아예 월세를 올리지 않으면 주인이 바뀐 셈이다. 복덕방과 짜고 3년 동안 전세를 올리지 않고 산 세무공무원도 있었다. 전세 끼고 산 집인 만큼 세입자가 있어야 하는데 세입자가 없었다.

하도 억울하게 살아서 입장이 바뀌었을 때 형편마다
전세를 올리거나 아예 월세를 올리지 않으면 주인이 바뀐 셈이다.
복덕방과 짜고 3년 동안 전세를 올리지 않고 산 세무공무원도 있었다.
전세 끼고 산 집인 만큼 세입자가 있어야 하는데 세입자가 없었다.

알고 보니 복덕방과 짜고 한 짓이었다. 결국 팔 수밖에 없었는데 주
위 시세보다 3백 만원을 적게 받았다. 1984년의 일이었다.

겨우 내가 앙갚음한 것은 소개비 30만원을 달라는 것을 18만원 준
것 뿐이다. 그것도 구청에 가서 소개비 계산 원칙을 적어 가지고 와서
였다. 선한 끝은 있고 악한 끝은 없다는데 그들은 지금 어떻게 살고
있는지…….

약한 사람은 법을 지키는 게 힘이지만 강한 사람은 법을 지키지 않
는 것이 힘이다.

인체의 수수께끼

19 60년대 초 당뇨병이란 병명은 있어도 치료약은 없었던 모양이다. 오늘날엔 암도 고치는 세상이 됐지만 그때는 '세상 구경이나 실컷 하라' 는 게 의사의 처방이었다.

30대 청년이 있었다. 집은 부자였다. 당뇨병이 걸린 그는 의사의 권고대로 죽음의 길을 떠났다. 세상 구경이나 하다가 쓰러지면 그것으로 그만이었다. 누군가 관심이 있어서 주머니에 신분증이라도 확인해서 집에다 알려도 그만 연고자가 없는 것으로 아무 데나 묻어 버려도 상관없었다.

가족은 살아있을 때 필요한 것이지 죽은 후에는 아무런 관계도 없는 것이 아닌가. 그런데 그는 십 년도 안 되어 집으로 돌아왔다. 아주 건강한 몸으로. 그리고 평균 수명보다 더 살았다.

오늘날 당뇨 환자들에게 약보다 먼저 권하는 게 무엇인가? 규칙적인 운동이다. 해가 지면 여관에 들어가 자고 해가 뜨면 또 어디론가 향해서 걸었다. 그것이 바로 규칙적인 운동이 되었던 것이다.

또 말기 암 환자는 어떤가.
형편상 치료를 받을 수 없는 사람은 모든 것 포기하고 산으로 들어간다.
깨끗한 공기나 마시면서 아무런 욕심도 갖지 말고 살자는 것이다.
도회지에서는 보는 게 많고 보는 게 많다 보니 욕심도 생기고
갈등하고 경쟁해야 하지 않는가.

또 말기 암 환자는 어떤가. 형편상 치료를 받을 수 없는 사람은 모든 것 포기하고 산으로 들어간다. 깨끗한 공기나 마시면서 아무런 욕심도 갖지 말고 살자는 것이다. 도회지에서는 보는 게 많고 보는 게 많다 보니 욕심도 생기고 갈등하고 경쟁해야 하지 않는가.

그런데 다는 아니지만 피곤한 게 없어지고 주기적으로 오던 통증도 없어졌다. 본래 다니던 병원에 와서 진료를 받아보니 암세포가 감쪽같이 사라졌다는 것이었다.

그걸 의사들은 기적이라고 한다. 다른 적절한 말이 없다. 나는 이걸 인체의 수수께끼라고 생각한다. 바로 나도 겪었으니까. 그때는 암이라는 말도 들어보지 못했을 때다. 그런 병을 학계에서 알고 있었는지는 모르지만 나를 길게 진료한 의사의 말은 소화를 못 시키고 신트림이 심할 때 그걸 위산과다증이라 했고 통증이 오기 시작하자 위궤양이라 했다. 그리고 무엇을 먹어도 그것이 물로 쏟아질 때는 무산증이라 했다.

내가 지금 이야기하려는 것은 그걸 어떻게 고쳤느냐가 아니라 아주 무식한 경험 하나를 말하려는 것이다. 분명히 전제하지만 이건 내가

생각해도 정말로 이해를 할 수 없는 일이다. 그러니까 기적도 아니요, 인체의 비밀이라고 하는 것이다. 비밀이란 분명 존재하지만 알아내지 못하는 것 아닌가.

　휴전될 무렵 내 나이는 열네 살이었다. 그때 원인을 알 수 없는 전염병들이 돌고 있었는데 하루 건너 한 번씩 춥고 열나는 병이 있었는데 그것을 학질이라 했고, 지금으로 말하면 장염에 속하는 이질이라는 게 있었다. 그리고 염병이라고 하는 열병이 있었고, 화류계병이라고 하는 창병이란 게 있었는데 그것들은 중공군이 퍼트린 병이라고 했다.

　2020년 2월 2일 신종코로나19라고 하는 병과 어딘가 닮은 데가 있지 않은가 싶다. 아무튼 이질과 학질약은 수용소에나 가야 얻어먹을 수 있는 약이었고, 일반인들은 민간요법도 아닌 미신에 의존하기도 했다. 말하자면 이질은 생밀가루 물을 타서 마시게 했고, 학질은 해 뜨기 전 쥐구멍을 세 번 불고 진흙으로 틀어막으면 된다고 했다. 묘한 것은 정말 낫는 사람도 있다는 사실이다. 지금 와서 생각하면 시간이

이질은 생밀가루 물을 타서 마시게 했고,
학질은 해 뜨기 전 쥐구멍을 세 번 불고 진흙으로 틀어막으면 된다고 했다.
묘한 것은 정말 낫는 사람도 있다는 사실이다.
지금 와서 생각하면 시간이 가면서 저항력이 생긴 게 아닌가 싶다.

가면서 저항력이 생긴 게 아닌가 싶다.

그런데 열병약은 없었고 창병은 예방법이 있었는데 지금 와서 생각
하니 사람 잡는 방법이었다. 수은을 기화시켜서 코로 마시게 하는 방
법이었다. 이불을 뒤집어쓰고 화로를 끼고 앉아 수은을 끓이면서 숨
을 몰아 마시는 건데 그것도 모자라서 수은 그릇에 고깔을 씌우고 코
로 마시는 것이었다.

나는 정 많은 이웃집 아주머니에게 그 귀한 약을 얻어 그렇게 했던
것이다. 효과는 99%였다. 죽지는 않았으니 말이다.

당시 나는 비포장 도로 언덕길을 낑낑거리며 올라가는 미군 보급차
를 마음대로 타고 내릴 만큼 초능력에 가까울 만큼 건강한 체력을 가
지고 있었다. 그랬던 내가 지엠씨는 그만두고 적재함이 얕은 스리쿼
터도 타지 못할 만큼 탈진해 있었다. 이때 먹을 것이 떨어질 만하면
다녀가시는 어머니가 오셨다.

놀라신 어머니는 어떻게 아셨는지 십리도 넘는 산골짜기에 사는 중
국 침술 할아버지를 찾아갔다. 이리저리 진맥을 보신 할아버지는 밖
으로 나갔다.

어른 두 사람과 함께 들어왔다. 그리고는 나를 눕히고 깔고 앉게 하고서 양쪽 손목 뒤쪽과 무릎 양쪽 바깥쪽에 부젓갈 만큼 큰 쇠꼬챙이로 침을 놓았다. 그리고 양쪽 발바닥에도 놓았다. 나는 거의 기절 상태까지 갔다.

현대 의학에서도 방법이 없는 수은 중독을 침술로 고쳤다면 아무도 믿지 않을 것이다. 본인인 나도 그렇다. 그런데 나는 지금 이렇게 살아있다.

한 가지 변명하고 싶은 게 있다. 의학이 밝혀내지 못한 인체의 신비는 아직도 많이 있을 거라고. 그리고 인간의 경험은 신념이라고. 그래서 비웃음을 각오하면서도 증언하는 것이라고. 명의는 기술이 아니라 진심이고, 명약은 면역이다.

봉정암의 자연보호

"12 / 친 놈들! 우리는 3천 년 전부터 자연보호를 하고 있는데 이
       제 와서 여기도(봉정암) 연탄 갖다 때라고?"

그 걸쭉한 중광스님도 아니고 젊기는 해도 스님의 입에서 이처럼
거친 말이 나온다는 건 조금 의외의 일이었지만 전말을 듣고 나니 전
혀 이해가 안 가는 것도 아니었다.

봉정암은 우리나라에서 가장 높은 곳에 자리한 암자다. 맨몸으로
올라가기에도 숨이 벅찬데 연탄을 지고 올라가라니 기가 막힌 일이
아닐 수 없다. 나무를 때면 자연히 자연을 훼손한다는 것인데 스님의
말로는 썩어 자빠지는 나무만 때도 못 땐다는 것이었다. 당연히 이
해가 가지만 공무원 입장에서 법을 전달하지 않을 수도 없는 일이다.
현장을 이해하고 재량권을 발동했다가는 문책이 돌아올 수도 있기 때
문이다. 어쨌든 우리네 자연보호운동의 단면이다.

그렇게 철저히 설악산 꼭대기까지 가서 자연보호를 계몽하는데 왜
비만 오면 산사태를 걱정해야 하는가. 언론에서도 지적하듯이 무분별
한 개발 때문이 아닌가. 참나무 숯불 음식점이나 황토 찜질방 마당에
통나무가 쌓인 것을 어렵지 않게 볼 수 있다. 과연 그것들이 간벌목

뿐일까. 무분별한 벌목은 아닐까. 허가는 손바닥만큼 받아놓고 벌목
은 마당만큼 하는 게 우리네 현실은 아닌지⋯. 산불이 날 때마다 이재
민이 생기고 사찰이 불에 타는 이유는 무엇일까. 안전을 생각지 않은
자연보호 때문이다.

애완동물 보호도 그렇다. 옛날에는 '댑싸리 밑에 개팔자' 였는데 지
금은 안방 안에 개팔자다. 애완용 동물 먹이와 장식품들이 사람의 것
보다 비싸다. 저주나 증오가 아니라 인류는 애완동물 때문에 망할지
도 모른다. 나는 배운 것도 상식으로 들은 것도 없는데 쓰레기 재앙을
예견한 적이 있었다.

자연보호란 말이 생겨나기도 전이었는데 등산 갔다 돌아올 때는 내
가 가지고 간 쓰레기는 배낭 안에 꼭 담아왔다. 그 문제로 아내와 신
경전을 벌이기도 했다. 오늘날에 와서 아내의 하는 말이 "당신이 뭘
좀 아는 사람 같았다" 고 하지만 동기가 있었다.

내가 처음 서울에 온 것이 1960년 초였다.

천여 명이 한 울타리 안에서 살았는데 음식물 쓰레기가 처치 곤란
이었다. 처음에는 쉽게 화단이나 야채를 심어 먹는 작은 공간에 매립

천여 명이 한 울타리 안에서 살았는데 음식물 쓰레기가 처치 곤란이었다.
처음에는 쉽게 화단이나 야채를 심어 먹는 작은 공간에 매립했는데
몇해 안 가서 식물이 자라지 못했다.
염분도 쌓였지만 거름기가 너무 독했기 때문이다.
하는 수 없이 경비를 들여서 쓰레기 문제를 해결했다.

했는데 몇해 안 가서 식물이 자라지 못했다. 염분도 쌓였지만 거름기
가 너무 독했기 때문이다. 하는 수 없이 경비를 들여서 쓰레기 문제를
해결했다. 엉뚱하게도 그때 '인류는 자기가 만든 쓰레기 때문에 멸망
할 것' 이란 생각이 들었다.

그래서 사람이 많이 다니는 산에 쓰레기를 버리다 보면 오래 안 가
서 산은 쓰레기장으로 변할 거라는 생각을 했던 것인데 그것이 현실
로 왔다. 산이 쓰레기장이 됐다는 이야기가 아니라 쓰레기 재앙이 왔
다는 말이다. 학자들, 정치가들 많이 고민하지만 정책으로 해결될 문
제가 되기에는 지구라는 땅덩어리의 한계가 왔다. 경쟁적으로 만드는
미사일을 쓰레기 처리에 손을 잡을 때가 아닌가 싶다. 인공위성 쏘아
올리듯 궤도 밖으로 쏘아 올리는 것 말이다. 이보다 먼저 해야 할 것
은 사람 각자의 인식과 의지 문제다.

지금 신종코로나19의 공포와 위협처럼 애완동물의 인간 공격도 머
지않았다고 본다. 더 늦기 전에 개인의 인식과 의지가 필요하다고 본
다. 애완동물의 납골당이 인간의 것을 앞질러서는 안 된다. 문명이 문
화를 해쳐서는 안 된다. 어려운 정책으로 가기 전에 우리의 인식을 바

꾸어야 한다. 인간을 위해서 동물이 존재해야지 동물을 위해서 인간이 존재해서는 안 되지 않는가.

오늘날 문화유산으로 남아있는 고대 신전과 사원들이 인간을 위한 문화가 아니라 신을 위한 문명이었는지도 모른다. 문화였다면 좀더 오래도록 지속되지 않았을까.

마음을 바치지 않고 물질을 바치려 하다 보니 신의 노여움을 산 건 아닌지, 신은 자기가 숭배 받기보다 인간을 더욱 사랑했다니까.

어느 목사님의 말씀을 도용했다.

인력시장의 이모저모

제 목이 조금 거창하다.

인력시장이라 하면 모든 노동자들이 해당되기 때문이다. 그러나 내가 이야기하려는 것은 일일 근로자를 말하려 하는 것인데 그것도 적은 규모는 아닐 것 같다. 이들의 인권문제까지 정부에서 파악하고 관심을 가져 주는지 모르지만 먹고 살기 위한 직업인이란 점에서 반드시 국가의 보호가 있어야 한다고 본다. 예를 든다면 받지 못하는 임금을 노동부에서 받아주어야 한다는 말이다. 계약직이 아니다. 근로계약서를 써야만 노동부에서 관여할 수 있다. 이런 점 말이다. 그런 조건이 붙지 않으면 국가에서 보호할 수 없다는 것이다. 내가 직접 경험한 일이다.

인력사무실에서 공치고 돌아가는 이들의 뒷모습은 매우 쓸쓸하다. 마음도 쓸쓸하고 허전하다. 그래서 아침부터 취하는 것이다. 술이 아니면 허무를 이길 수가 없다. 그래봐야 2중으로 손해라는 사실을 모른다. 일당을 못 벌어서 손해이고 퍼마시니 손해가 아닌가. 이런 가정일수록 어렵다. 맞벌이 부부가 아니면 끝내는 각자의 길을 가고 만다. 노동시장이 좁은 것도 문제이지만 이처럼 본인 자신들도 문제가 있

179

다. 하루 일하고 이틀 노는 것을 당연하다고 생각하는 사람들 말이다. 이런 경우 가정에만 문제가 있는 게 아니라 인력사무실에도 문제가 있다. 수급에 계획을 세울 수가 없다.

나는 퇴직 후 4년 동안 인력사무실에 나간 일이 있다. 4년 동안 개근이었고 공치는 날도 없었다. 믿지 않겠지만 월수입이 직장생활할 때보다 좋았다. 어느 사회에서도 마찬가지겠지만 비결은 진실과 노력이었다. 올바른 의식이었다.

처음 일주일 동안은 일을 내보내 주지 않았다. 나이 때문이라는 생각도 들었지만 우선 얼굴을 기억하도록 하기 위해서 열심히 나갔는데 일을 선뜻 내보내지 않은 이유가 있었다. 인내심을 테스트한 것이다.

첫날 현장의 반응이 좋았다. 내일 이 아저씨를 꼭 보내달라는 전표 뒷면의 메모였다. 나중에 안 사실이지만 대개는 다른 사람으로 보내달라는 메모가 많았다. 헌데 나는 가는 곳마다 좋은 반응이었다. 사무실에서 일하기 편하고 수급에 계획을 세울 수가 있었다.

한편 현장에서는 여러 사람들 상대하다 보니 성격이나 인품을 파악

이 사람이 노동판에서 닳고 닳은 사람인지
아니면 처음 나온 사람인지 금방 알 수가 있었다.
오래 된 사람은 부리기가 벅찼다. 소위 직장에서 퇴근이 칼날이라는 말이 있듯이
이곳에서도 일 끝내는 시간이 인정사정 없다.
몇 분만 참아주면 깨끗이 마무리 될 일도 시간만 되면 손 털고 일어선다.

하는데 신의 경지였다. 이 사람이 노동판에서 닳고 닳은 사람인지 아니면 처음 나온 사람인지 금방 알 수가 있었다. 오래 된 사람은 부리기가 벅찼다. 소위 직장에서 퇴근이 칼날이라는 말이 있듯이 이곳에서도 일 끝내는 시간이 인정사정 없다. 몇 분만 참아주면 깨끗이 마무리 될 일도 시간만 되면 손 털고 일어선다. 그런데 나는 오야지(책임자)가 손을 씻을 때까지 마무리를 하는 것이다.

그렇다. 인생이라는 게 언제 어디 가서 어떻게 만날지 모른다. 다시 만날 때 반갑게 손을 잡을 수 있어야 한다. 조금 어려운 말일지 모르지만 노가다(건설현장 잡부)가 인생의 전부가 아니다. 죽어서도 "아까운 사람 죽었다"는 말을 남기는 사람이 있는가 하면 "잘 죽었다"고 비난을 받는 사람도 있다.

나를 자주 불러 쓰던 수리업자가 있었다. 그는 어느날 나와 같은 현장 잡부로 일을 나갔다. 나는 그가 왜 잡부로 전락했는지 추측이지만 알고 있다. 그는 공사중 없던 하자를 만들어 공사를 연장했다. 길면 밟히는 것이다. 한동안 단골이었는데 나와 결별한 것도 그 때문이었

다.

　겨우내 비워 두었던 방에 봄이 되어 난방을 돌리려 하니 난방 호수에 물이 차지 않고 새나갔다. 경험이나 원리상 문제가 있는 곳은 손바닥처럼 빤한데 그는 방 전체를 뜯었다. 결국 하자가 없자 일꾼들이 식사하러 간 사이에 호스를 구멍냈다. 그리고는 주인에게 동파라고 했다. 문제는 나에게 있었다.

　동파라면 얼음의 팽창으로 호스가 갈라져야 하는데 이것은 외부로부터 가해진 충격이라고. 물론 주인이 자리를 떠난 후였지만 심한 논쟁 아닌 언쟁이 있었다. 그로 인해 다음날부터는 그와 작별이었다. 내가 여기에서 하고 싶은 말은 왜 앞을 길게 보지 못했느냐가 아니라 양심이 잘못 되었고, 그것은 길게 가다 보면 결국 더 많은 것을 잃게 된다는 사실이다.

　나는 몇 년 전 폐기물 분류 작업장에서 일한 적이 있다. 인공관절 주입 상태였음으로 걸음걸이가 온전치 못했다. 그럼에도 일을 시켰다. 인건비는 내가 정했다. 일을 시키는 것만도 고마운 일인데 주는 대로 나는 몇 년 전 폐기물 분류 작업장에서 일한 적이 있다.
인공관절 주입 상태였음으로 걸음걸이가 온전치 못했다.
그럼에도 일을 시켰다. 인건비는 내가 정했다.
일을 시키는 것만도 고마운 일인데 주는 대로 다 받을 수가 없었다.

다 받을 수가 없었다. 결국 뇌경색이 오는 바람에 그 일마저도 못하게 되었는데 그 현장에 약간의 애로가 있었다.

사람을 쓸 만큼의 일은 아닌데 누군가 손을 대면 그만큼 도움이 되는 일이었다. 나는 옛날의 고마움도 있고 활동이 필요하기에 주인과 상의도 없이 그 일을 하다가 입원 치료를 받을 만큼 사고를 당했다.

미안한 건 난데 주인은 병원비 일부를 부담하려 했다. 나는 극구 사양했다. 그렇지 않은가. 주인에게는 아무런 책임이 없다. 나의 실수를 왜 주인이 져야 하는가. 법도 도덕도 그런 것은 없다. 단지 인정일 뿐이다. 치료비 받은 것보다 돌려준 것이 나는 훨씬 마음이 편안하다. 그리고 떳떳하다.

바로 인정이란 이런 것이라고 말하고 싶다. 금년 들어 제일 추운 날씨라는데 나는 따뜻하다.

호랑이 담배 먹다

학계의 공식적인 발표에 의하면 한반도에서 호랑이를 마지막 본 것이 1961년이라고 했다. 소위 말하는 백두산 호랑이가 아니라 표범이라고 했다. 그렇다고 하면 1956년에서 1957년 사이에 있었던 어른들의 호랑이 이야기가 아주 근거없는 이야기는 아니다.

저 산천어 축제로 유명한 화천이라는 곳에서 금화쪽으로 가다 보면 '말고개' 라는 고개가 있다고 한다. 1956년 바로 거기에서 휴가 다녀오던 군인이 호랑이를 잡아다 이승만 대통령에게 바쳤다는 소문이 요즘 뉴스처럼 퍼져 나갔다. 상의를 벗어 호랑이의 머리를 감싸서 물리지는 않고 발톱에 긁히어 갈비뼈가 두 대나 나갔다고 했다. 그래서 대통령으로부터 용감한 군인 표창도 받았다고 했다.

당시 나는 16살이었고, 경기도 가평군과 강원도 춘성군, 그리고 화천군이 걸쳐 있는 화악산 기슭에서 살았다. 화천에서 춘천으로 나오는 외통수 도로에 인접해 있는 신포리란 곳이었다. 해발 1430미터로 주변에서는 이만큼 높은 산이 없었다. 하다 보니 야생동물도 많았다. 애써 가꾸는 화전밭을 멧돼지들이 망가뜨리고 여름밤 가족들이 마당에서 옥수수를 먹다 보면 산토끼 새끼들이 마당가에까지 왔고 겨울이

야생동물도 많았다.
애써 가꾸는 화전밭을 멧돼지들이 망가뜨리고
여름밤 가족들이 마당에서 옥수수를 먹다 보면 산토끼 새끼들이 마당가에까지 왔고
겨울이면 사냥꾼들이 멧돼지와 노루를 잡아가기도 했다.
눈이 많이 쌓이면 가까운 곳에서도 산토끼를 막대기로 때려 잡기도 했다.

면 사냥꾼들이 멧돼지와 노루를 잡아가기도 했다. 눈이 많이 쌓이면 가까운 곳에서도 산토끼를 막대기로 때려 잡기도 했다.

그런가 하면 호랑이, 늑대 이야기도 자주 들을 수 있었다.

어느 마을에 송아지가 없어진 것은 호랑이의 짓이며 돼지가 없어지는 것은 늑대의 짓이라고 했다. 이때마다 어른들은 젊은 사람들에게 이르는 말이 있었다.

초등학교 교과서에 나오는 동화 같은 이야긴데 산에서 호랑이를 만나면 도망치지 말고 넙죽히 절을 하며 "산신님, 나오셨습니까" 하란다. 그러면 호랑이는 뒤돌아 가던가 넙죽히 엎디는데 그것은 자기 등에 타라는 신호란다.

그리고 산에 가서 고양이 새끼를 만나거든 절대로 가져오지 말라고 했다. 고양이 새끼가 아니라 호랑이 새낀데 어디서 어미가 지켜보고 있단다. 이웃마을에 사는 여인네가 나물 캐러 갔다가 고양이 새끼인 줄 알고 머리를 쓰다듬고 있는데 머리 위로 물방울이 떨어지더란다. 고개를 들어 쳐다보니 어미 호랑이가 내려다보고 웃으며 좋아서 침을 흘리더란다.

　　그만 혼비백산해서 집으로 돌아왔는데 다음날 아침 마당에 나가 보니 나물 보따리와 다라이가 고스란히 와서 있더란다. 호랑이도 제 새끼 이뻐하는 건 안다는 설명도 붙였지만 늑대에 대해서도 대처 방법을 알려주었다.

　　늑대는 혼자가 아니라 여러 놈이 떼거지로 몰려다니는데 반드시 사람이 쓰러져야만 해친다는 것이다. 그러기 위해서 여러 놈이 사람 주위를 뱅뱅 도는데 이때 나무를 잡고 눈을 꼭 감고 있으라고 했다. 얼마간 돌다가 지치면 그냥 돌아간다는 것이다.

　　아무도 그런 일을 당했다는 사람은 없지만 우리 마을에서 바라보이는 앞산 아름드리 자작나무 아래에는 밤마다 두 개의 푸른 불빛이 나타나곤 했다. 그것을 어른들은 호랑이 것이라고 했다.

　　나는 무서워서 확인하지 못했지만 낮에 그곳에 가면 먹다 남은 짐승 뼈다귀와 짐승 털이 섞인 짐승 똥을 볼 수 있다고 했다. 그래서 나는 낮에도 산에 홀로 가기를 무척 싫어했다. 싫은 것이 아니라 무서웠다. 그래도 꼭 가야만 했다.

　　어느 유명한 산악인에게 산에는 왜 가느냐고 물었더니 '그곳에 산

늦대는 혼자가 아니라 여러 놈이 떼거지로 몰려다니는데
반드시 사람이 쓰러져야만 해친다는 것이다.
그러기 위해서 여러 놈이 사람 주위를 뱅뱅 도는데
이때 나무를 잡고 눈을 꼭 감고 있으라고 했다.
얼마간 돌다가 지치면 그냥 돌아간다는 것이다.

이 있기 때문' 이라고 대답했다고 한다. 나도 그랬다. 산에 밤이 있기
때문이다. 2백환하는 장작 한 짐(백가치가 기준임)을 하자면 어른들
은 당일에 됐지만 나는 이틀이 걸렸다. 쌀을 살 엄두는 내지 못하고
감자 한 말을 살 수 있는데 3일 밖에 먹지 못한다. 감자가 떨어지면 굶
을 수밖에 없다. 한 끼라도 늘려 먹기 위해서는 산나물을 뜯어다 섞어
야 한다. 밥과 바꾸어 먹는 나무는 꼭 겨울에 해야 하는데 한 번 눈이
내리기 시작하면 봄까지 녹지 않는다.

　산등성이는 바람에 날리기도 하고 사람들이 밟아서 다져지기도 하
지만 골짜기의 눈은 겨드랑이를 넘는다. 내가 해야 할 나무는 꼭 그런
곳에 있었다. 하산길에 가까운 산등성이에는 어른들이 다 해 가고 골
짜기의 나무들은 어른들도 손을 대지 않았기 때문이다. 나무가 휘거
나 옹이가 져서 패기도 힘이 들었지만 우선 눈이 겨드랑이까지 차고
보니 하산길까지 운반이 어려웠다. 요령은 하나뿐이었다. 굴려 올리
는 것이다. 그러기 위해서는 나무 길이가 짧아야 한다. 길면 장애물도
많을 뿐더러 잘 구르지 않는다. 이때 나도 모르게 얻어지는 요령이 있
다.

하산길이 연결되는 정상 부분을 절대로 바라보지 않는 것이다. 장애물을 피해 가며 나무토막만 바라보고 굴리는 것이다. 정상을 바라보면 너무 아득하다. 힘이 빠진다. 그러나 나무토막 그 자체만 바라보면 한 뼘, 한 발짝, 자리만 나는 게 보인다. 그러다 보면 정상 등성이에 도달한다. 긴 호흡이 나온다. 안도의 숨이 아니라 마지막 남은 하산에 대한 불안이다.

하산길은 겨우내 나무꾼들에 의해서 봅슬레이 라인처럼 반 터널로 되어 있다. 나무 길이가 커브길에 걸리지 않도록 적당해야 한다. 길면 걸리기 쉽고 짧으면 탄력의 충격에 길을 이탈해서 엉뚱한 곳으로 도망가는 수가 있다.

그러지 않기 위해서는 나무 등걸 앞쪽에 와이어 줄을 매고 끝에는 손잡이를 묶고 말을 타듯 등걸에 올라 앉아 속도와 균형 조절을 해야한다. 조절을 잘못하면 다칠 수도 있다. 나무 등걸이 돌출부에 충격되면 사람이 앞으로 팅겨져 나가기 쉽다. 이렇게 되면 나무 등걸이 사람을 덮치는 수가 있다.

이때 골절을 당하거나 심한 타박상을 입을 수가 있다. 안전은 경험

하산길은 겨우내 나무꾼들에 의해서 봅슬레이 라인처럼 반 터널로 되어 있다.
나무 길이가 커브길에 걸리지 않도록 적당해야 한다.
길면 걸리기 쉽고 짧으면 탄력의 충격에 길을 이탈해서
엉뚱한 곳으로 도망가는 수가 있다.

밖에 없다. 헌데 한 가지 신나는 수수께끼가 있다. 어른들의 나무보다 내 나무가 항상 먼저 팔렸다는 사실이다. 어른들의 나무는 장작개비가 고르고 나뭇단도 예뻤다. 허나 내 나뭇단은 울퉁불퉁한 게 볼품이 없었다. 보기 좋은 떡이 먹기도 좋다는 말은 떡에만 해당되는 말이지 나무에는 해당되지 않는 말이다. 못난 나무가 잘 팔리는 것이다.

나이 먹어서 그 수수께끼는 풀렸지만 내 나무는 우선 장작개비가 굵고 도끼질을 여러 번 하는 바람에 불땀(화력)이 좋았다. 나무질도 어른들 것은 잘 쪼개지고 가벼운 가래나무이거나 층층나무였지만 나는 참나무 중에서도 굴피나무가 아닌 떡갈나무였다. 알아준다는 것, 그 맛에 사는 건 아닌지.

아무튼 배우지 않고 경험으로 얻은 내 인생관이 오늘에도 남아있는 것이다. 정상은 있으나 바라보지 않는다. 가다가 중지하면 바로 그곳이 내 인생의 정상이다. 욕심이 없어서 가난하지만 홀로 갈등은 없다. 남과 비교하지도 않는다. 애초부터 가진 게 있어야 비교하고 배운 게 있어야 경쟁하지 않는가.

우리 민족은 이렇다

어렸을 때 일이다. 잔칫집이 있었다.

모닥불 옆에 둘러선 어른들 중에서 신랑의 인삿말이 참으로 멋있었다고 했다.

첫째는 짧은 것이고 둘째는 내용이라고 했다. "인생의 과제 중에 하나를 마쳤다"고 했다는 것이다. 어떻게 생각하면 무성의하고 버릇없는 녀석이라고 할 만도 한데 시간이 흐르다 보니 이해할 만도 하다.

아이들 입학식 때 또는 졸업식 때 교장선생님의 축하 말씀인데 학생들에게 하는 말씀인지 학부모에게 하는 말씀인지 구별이 되지 않는다. 길고 어렵다. 아이들이 바라는 것은 빨리 집에 가고 싶은 것이다. 예비군 훈련장에서도 재탕, 3탕이다.

'기생충'이란 영화를 가지고 신종코로나19만큼이나 야단법석이다. 물론 내용이 다르다.

나는 아직 그 영화를 보지 못했다. 텔레비전에서 보여주지 않으면 앞으로도 볼 기회가 없다. 그러나 그 영화감독에 대해서는 강렬한 인상을 받았다. 짧은 수상소감에서였다. 세계적인 아카데미상이라고 하면 감격도 크겠지만 할 말도 많을 것이다. 관련된 사람들에게 하고 싶

그 영화감독에 대해서는 강렬한 인상을 받았다.
짧은 수상소감에서였다.
세계적인 아카데미상이라고 하면 감격도 크겠지만 할 말도 많을 것이다.
관련된 사람들에게 하고 싶은 말도 많을 것이다.
그러나 무슨 말을 했는지조차 모를 만큼 짧았다.
누구의 눈치를 보지 않는 자신감이었다.

은 말도 많을 것이다.

그러나 무슨 말을 했는지조차 모를 만큼 짧았다. 누구의 눈치를 보지 않는 자신감이었다. 오만으로 오해될지 모르지만 재탕 3탕의 뻔한 말을 반복하고 싶지 않았을 것이다.

연말이면 우리는 방송사마다 있는 연예인들의 각종 상과 거기에 따른 수상소감을 듣게 된다. 공통점이 있다. 귀에 남는 내용은 없고 하나같이 감독과 선후배들에게 감사한다는 말뿐이다. 답답하고 지루했다. 눈치의 산물이다. 물론 진심으로 고마운 사람도 있겠지만 다는 아니다. 깜박 잊고 빼먹더라도 나중에 있을 영향을 생각했을 것이다.

사람이 세상을 사는데 남의 눈치를 보지 않을 수 없다. 이해관계로 얽히고 설킨 연예계는 더욱 그럴 것이다. 그런 현실에서 봉준호 감독은 모든 것을 의식하지 않았다. 자신과 용기였다.

요즘 신종코로나19로 국내뿐만 아니라 세계가 잔뜩 긴장하고 있다. 이런 때에 '기생충' 이야기는 얼마나 신선하고 위로가 되는지 모르겠다. 자랑스럽다. 우리 민족은 이렇다. 우울한 일이 있을 때마다 빛과 같은 인물이 나와 주었다.

경기시간 1초를 남겨 놓고 중앙선 밖에서 던진 농구공이 골망을 흔들었다. 1점 차로 우승을 했다. 신의 손이었다. 농구선수 박찬숙의 영원한 감격의 순간이다. 그때 우승을 하지 못했다 하더라도 우리는 충분히 감격하고 자부심을 느꼈을 것이다.

손기정 후의 황영조, 4전 5기의 홍수환도 그랬고, 박세리, 박찬호도 그랬다. 그리고 비인기 종목인 빙상체조에서의 김연아도 그랬다.

지도상에는 작은 나라지만 민족성은 강했다. 경기 없는 빈 운동장을 가득 메운 응원단도 모두가 위대하고 순수한 애국자들이었다.

2020년 벽두부터 세계를 긴장 속에 몰아넣은 '신종코로나19'에 대한 대처 능력은 세계 어느 나라에서도 볼 수 없는 의료 기술력과 빈틈없는 행정력으로 세계를 놀라게 하고 자부심을 갖게 했다.

거기에서 놓칠 수 없는 또 하나의 깃발이 있다. 진천과 아산 주민의 애족이 정신이다. 폭넓은 국가관이다. 이렇게 우리는 강하고 위대한 민족인데 어떻게 망할 수가 있겠는가.

그런데도 일본은 우리를 잘못 보고 약 올리고 본노케 하고 있다. 반도체인가 뭔가 하는 수출 금지 말이다. 우리의 기술력으로 금방 해결

2020년 벽두부터 세계를 긴장 속에 몰아넣은
'신종코로나19'에 대한 대처 능력은 세계 어느 나라에서도 볼 수 없는
의료 기술력과 빈틈없는 행정력으로 세계를 놀라게 하고 자부심을 갖게 했다.
거기에서 놓칠 수 없는 또 하나의 깃발이 있다.
진천과 아산 주민의 애족이 정신이다.

했다. 그들은 후회할 것이다.

달리는 말에게 채찍을 더한다는 옛말이 있듯이 욕심이 하나 있다. 이제 우리의 정치권도 많이도 말고 조금만 의식을 바꾸어 달라는 것이다. 보기도 지겨운 정치권의 뉴스 말고 보고 싶고 기대되고 설레이는 뉴스를 보여달라는 말이다.

민족성 이야기하다 끝에 가서 정치권 이야기가 나오니 김샜다고 할지 모르지만 그렇지 않다.

어느 나라든지 그 나라에서 살고 있는 한 그 나라의 정치에서 벗어날 수가 없는 것이다. 마음에 들든 안 들든 직접 또는 간접으로 그 틀 속에 살고 있는 것이다.

〈군말〉

원고가 넘어가기 전에 사건이 터졌다.

침이 마르도록 당국을 칭찬했는데 사건이 터졌다. 대구 신천지 교회에서 발생한 무더기 '신종코로나19' 사건 말이다. 혹자들이 말하는 것처럼 당국을 비난하자는 게 아니라 독설을 퍼붓고 있는 사람들의

자제를 바라기 위해서다.

　그 독설가들이 어떤 사람들인가 정치권에 있는 사람들이다. 총선이 얼마 남지 않았다. 예비 후보자들이 좋은 선전거리 하나 생겼다고 좋아할지 모르지만 나의 생각은 그렇지 않다. 그런 비인격적이고 얄팍한 생각을 가졌다면 오히려 국회로 가서는 안 될 사람들이다. 사사건건 남의 약점만 씹다가 말 것이 아닌가.

　인기를 위한 작전의 하나라면 오히려 실패작이다. 남을 헐뜯기만 하는 사람 별로 좋아할 사람이 없을 것이다.

　남에게 향한 독설은 결국 자기에게 돌아올 것이다. 이제 그만 자신의 이익을 위해서가 아니라 나라의 이익을 위해서 마음과 행동을 바꿔 보면 어떨까?

　여도 야도 마찬가지다.

　지금의 여가 야시절 어땠는가? 또한 지금의 야는 여시절 어땠는가?

　그게 정치의 속성인가? 공식인가? 서로 그렇게도 칭찬할 일이 없었던가?

　잘 한 것이 있다면 주저하지 말고 남의 눈치 보지 말고 칭찬하는 용

> 금 모으기 운동은 세계 어느 나라에서도 없었다.
> 나도 위험할지 모르는 상황에서 자원봉사자가 나오고
> 구하기 힘든 마스크 기부자가 생기고 사망자와 감염자의 비율을 보더라도
> 우리의 의학이 세계 최고임을 입증하고 있다.
> 지역간의 담장도 무너져가고 있다.
> 대한민국 만세다!

기가 있다면 그보다 어려운 일도 해낼 것이다. 바라건대 크고 먼 곳을 보자.

금 모으기 운동은 세계 어느 나라에서도 없었다. 나도 위험할지 모르는 상황에서 자원봉사자가 나오고 구하기 힘든 마스크 기부자가 생기고 사망자와 감염자의 비율을 보더라도 우리의 의학이 세계 최고임을 입증하고 있다. 지역간의 담장도 무너져가고 있다.

대한민국 만세다!

돈 싫은 목사도 있네

"**돈** 싫은 목사도 있네."

뒤집어 보면 오해의 소지도 없지 않다. 목사는 다 돈을 좋아한다는 말로 이해될 수도 있기 때문이다. 허나 그런 취지의 말은 아니고 아내의 오랜 교회생활을 통해서 얻어진 경험에 비추어 너무도 의외의 일에 대한 순간적인 감동을 표현한 것이다.

아내는 아무 망설임 없이 하나님의 음성을 들었다거나 형상을 보았다고 할 만큼 순수한 신앙을 가진 사람이다. 물론 믿는 사람 입장에서는 그럴 수도 있다고, 또는 은혜를 받았다고 이해할 수도 있지만 믿지 않는 사람의 입장에서는 과장됐거나 정신적으로 문제가 있지 않은가 하는 의심을 받을 만도 하다. 사실 평생을 함께 살아온 나도 아내의 간절한 소망에 대한 환상이거나 환청에 지나지 않는다고 생각한다.

아내가 교회에 나가기 시작한 것은 처녀시절부터이다. 믿어지지 않는 동기가 있었다. 어느날 낮잠을 자고 있는데 "교회에 나가지 않고 뭘 하느냐!"하고 천둥 같은 소리가 들려 왔다. 놀라서 눈을 뜨니 머리맡에 아기 천사가 있더란다. 평소에 전도를 자주 받은 바로 앞의 교회에 나갔는데 목사님이 자신에 대한 말만 하더란다.

이웃집 아주머니에게 그런 말을 했더니 은혜 받았다고 하더란다. 그렇게 시작한 것이 한평생 그동안 두 번의 음성을 들었다고 했다.

아내는 5년 전 고관절 골절수술을 받았고, 그 후 지금까지 휠체어가 아니면 활동할 수 없는 건강 상태이다.

아픈 사람에게 바람이 무엇인가? 병이 낫는 것일 게다. 아내의 소원은 걷는 것이었다. 아내는 어느날 "당신이 교회의 마당만 밟고 와도 내가 걸을 수 있다"고 했다. 하나님이 그러시더라는 것이다. 아내의 간절한 소원의 환청이라고 생각하면서 나는 한동안 그렇게 했다. 믿어서가 아니라 아내에게 희망을 주기 위해서였다. 물론 아내는 걷지 못했다.

최근에도 그런 일이 있었다. 주치의와 걷는 문제를 상담하라고 했다는 것이다. 아내는 이처럼 간절한 소원에 의한 환각현상을 하나님의 계시라고 굳게 믿었고 병석에 눕기 전에 다니던 교회 목사에게 교회를 지어 주겠다고까지 했다. 나는 앞이 캄캄했지만 반대하지 못했다. 재산권은 모두가 아내에게 있고 신앙이란 그렇지 않은가. 누가 말린다고 될 일도 아니지만 말릴 수도 없다는 것.

누가 진정한 정통 교회이고 누가 이단인지 알 수 없는 일이지만 교파와 이단의 존재가 바로 그 때문이 아닌가. 결국 목사의 권위 의식과 오만이 나로 하여금 재산을 지킬 수 있는 계기가 되었는데 어느날 밤이었다. 정확히는 새벽 2시였다. 전화가 걸려왔다.

대화의 내용을 듣자 하니 아내가 다니는 교회 목사였다. 내일 당장 나와서 식사 당번을 하라는 것이었다. 때마침 6개월 동안 입원했다가 며칠간 외출을 허락 받고 나온 참이었다.

아내는 전후 사정을 이야기했다. 하지만 저쪽에서는 믿지 않고 나오지 않으면 안 된다는 것이었다. 듣다 못한 내가 수화기를 빼앗아 들고 아내가 하지 못한 입원 사실을 이야기하고 현재 부목을 대고 있는 상태라고 했다.

그랬더니 목사는 "당신은 언제까지 그렇게 건강할 줄 아느냐"고 저

대화의 내용과는 전혀 상관도 없는 말일 뿐더러
그는 평소에 나를 만나면 아내보다 더 반가워하고 겸손했던 사람이었다.
내가 화가 난 것은 남의 가정에 한밤중에 전화를 했다는 점도 그렇지만
그의 언어 태도였다. 나는 단호하게 말했다.
"이 시간 이후 이○○ 씨는 그 교회 사람이 아닌 줄 알라"고.

주 섞인 말을 했다. 대화의 내용과는 전혀 상관도 없는 말일 뿐더러 그는 평소에 나를 만나면 아내보다 더 반가워하고 겸손했던 사람이었다. 내가 화가 난 것은 남의 가정에 한밤중에 전화를 했다는 점도 그렇지만 그의 언어 태도였다. 나는 단호하게 말했다.

"이 시간 이후 이○○ 씨는 그 교회 사람이 아닌 줄 알라"고.

아내는 이 교회 목사 말고도 두 목사를 경험했다.

한 목사는 이민 관계로 대금을 받지 못하고 떠났다가 몇 년 후 돌아와서 대금을 요구하니까, "이 교회는 당신의 교회도, 내 교회도 아닌 하나님의 교회이니 줄 수 없다"고 했고, 또 한 목사는 과수원을 하는 노부부 댁에 심방을 가서 "하나님이 주신 축복, 하나님께 감사합니다" 하고 기도를 했는데 노부부가 "아멘" 했다는 것이다.

그런데 다음날 낯모르는 사람들이 과수원 귀퉁이에 말뚝을 박더란다. "웬 일이냐"고 물으니 "하나님께 헌납한다고 하지 않았느냐"고 하더란다. 이런 경험을 했던 아내인지라 진정으로 감사해서 올린 헌금이 돌아온 것에 대해서 놀라지 않을 수 없었던 것이다.

　아내는 장애 2급으로 동사무소에 등록되어 있고 복지 차원에서 동사무소에서 가끔 방문한다. 이 과정에서 가장 어려운 것이 식사문제라고 애로사항을 이야기하게 되었는데 모 교회로부터 월 2회 부식 지원을 받게 되었다. 교인들이 출입을 하다 보니 가정 사정도 알게 되었는데 그중에 꼭 돕고 싶은 게 있었다. 도배와 장판 그리고 등불이었다. 이것을 교인들이 동원되어 해결해 주었고, 특히 30촉 짜리 주방과 거실의 등을 목사님이 직접 교체하여 주셨다.

　너무도 감사한 아내는 개인적인 감사헌금을 했다. 나도 교인들도 오히려 이것은 목사님을 모욕하는 일이라고 말렸지만 아내는 너무도 간절하고 순수했다. 사실 모든 걸 이해관계로 해석하는 내가 불순했는지도 모른다. 그런데 다음날 그 감사의 표시가 돌아왔다.

　"돈 싫은 목사도 있네!"

　아내가 보지 못한 기이한 세상이었다. 사실 나도 그랬다. 이 책 어디에선가도 말했는지 모르지만 어려서 내가 겪은 고아원 원장 아버지는 자라면서 느낀 바지만 너무도 위선자였다. 어린 아이들 앞으로 나오는 배급쌀을 중간에서 처분해 버리는가 하면 미군들이 직접 입혀 주

이 책 어디에선가도 말했는지 모르지만 어려서
내가 겪은 고아원 원장 아버지는 자라면서 느낀 바지만 너무도 위선자였다.
어린 아이들 앞으로 나오는 배급쌀을 중간에서 처분해 버리는가 하면
미군들이 직접 입혀 주고 간 옷들도 미군들이 돌아가면 즉시 벗기곤 했다.

고 간 옷들도 미군들이 돌아가면 즉시 벗기곤 했다.

세상은 복지원 사건을 분노로 기억할 것이다. 1975년에서 1980년 사이 공식 집계로만 513명의 아이들이 사망한 사건 말이다.(2018년 9월 13일 6시 KBS뉴스)

무엇이 문제였나? 맞아 죽고 굶어 죽은 게 분명한데 그동안 감독기관에선 무엇을 했나? 원장이 왜 살아 있어야 했나?

원장은 목사였다. 내가 겪은 고아원 아버지도 목사였다. 이런 세상을 살아온 나였기에 아내의 감동보다도 낭의 감동이 더욱 컸다.

교인들은 전도할 때 똑같은 말을 한다.

"사람을 보지 말고 하나님을 보라"고 보이지 않는 하나님을 어떻게 보는가. 그보다 나는 만나면 반갑고 헤어지면 보고 싶은 인간관계가 먼저라고 생각한다. 미운 사람 바라보는 마음에서 어떻게 은혜가 생기겠는가. 사람은 다 똑같은 게 아니라고 한다. 물론이다. 그러나 한번 받은 상처는 없어지지 않는다. 꿰매면 꿰맨 자리도 남는다.

사람들은 왜 자신이 거기 있는지 모르는 사람이 많다. 어린이집 보모들, 요양원 간병인들이 그렇다. 사명은 어디 가고 폭행만 남았다.

잃어버린 아내의 고향

'친척(형제)보다 가까운 이웃이 낫다' 는 속담이 소름 끼치도록 들어맞는 말이라면 참으로 불행한 일이 아닐 수가 없다. 이는 시공의 문제가 아니라 혈육간의 갈등과 애정의 문제이기 때문이다. 부모가 남긴 재산 때문에 형제간에 물고 뜯는 예를 심심치 않게 볼 수 있다.

아내는 5남매 중 막내였다. 맨 앞에 12년의 나이 차이가 나는 언니가 있고, 그 아래로 10년, 8년, 5년의 나이 차이가 나는 오빠들이 있었다.

아내는 2살 때 어머니를 잃었고 열 살 때 아버지도 잃었다. 재산이 남은 게 얼마나 되는지 어린 아내는 알 수 없었고 나이든 오빠와 언니가 하나 둘 자기 길을 가면서 배고픔을 알게 되었고, 하나 남은 막내 오빠의 철없는 폭력행위가 아내로 하여금 가출을 하게 만들었다. 용돈이 아닌 생활비를 보태려고 칡넝쿨을 걷어다 판 돈을 빼앗는가 하면 자신의 책갈피에 넣어둔 돈을 동생이 가져갔다고 톱으로 손목을 자른다고 날뛰기도 한 오빠였다. 겁을 주는데 그친 것이 아니라 실제로 손목에 상처를 냈고 비명을 듣고 달려 나온 할머니가 사건을 중지

202

막내오빠의 철없는 폭력행위가
아내로 하여금 가출을 하게 만들었다.
용돈이 아닌 생활비를 보태려고 칡넝쿨을 걷어다 판 돈을 빼앗는가 하면
자신의 책갈피에 넣어둔 돈을 동생이 가져갔다고
톱으로 손목을 자른다고 날뛰기도 한 오빠였다.

시키기도 했다. 그리고 할머니가 돈을 찾아냈던 것이다.

이쯤 되면 막내오빠의 성격과 인간성을 더 말할 필요도 없으리라. 우리 결혼 후 첫 방문에서 두 살 위로서 나의 멱살을 잡았던 인물이다. 자기 동생 얼굴이 말랐다면서.

결국 아내는 동네 언니를 따라 서울로 올라왔고 다행인지 불행인지는 죽는 날까지 살아 봐야 아는 것이지만 고아와 다름없는 나를 만났다. 고아와 다름없다는 말은 어머니 외에 아무도 없다는 말이기도 하지만 무엇보다도 가진 게 아무것도 없다는 말이다. 그리고 나를 만난 게 불행인지 다행인지 죽는 날까지 가봐야 안다는 말은 살다 보면 원치 않는 사고도 당하고 요즘 흔한 황혼이혼들을 두고 한 말이다.

남녀의 짝이란 배움이든, 재물이든, 인물이든 자기 수준만큼 만나는 게 상식이다. 우리 부부는 가난할 수밖에 없었다. 그러나 대학 나온 맞벌이 부부가 자기집 마련하는 데 5년 걸린다고 할 때 우리는 맞벌이 하지 않고도 5년 걸렸다.

아내가 돈벌이한다는 건 내 자존심이 허락치 않았다. 그것은 남자의 무능한 탓이라고 생각했다. 그 대신 명절이나 공휴일에 쉰다는 건

나에게 있어서 사치였다. 퇴근 후 박스를 줍고, 남들이 가지 않는 산동네 연탄 배달은 나의 것이었다. 여행 한 번 제대로 못한 것을 아내는 늘 불만이었지만 그때 그렇게 살지 않았으면 노후대책을 하지 못했을 거라고 지금 와서 인정하기도 한다.

아무튼 나이 어린 동생이 객지에 나가서 잘못되지 않은 것만도 대견하고 감사할 터인데 현실은 그렇지 않았다.

서울에 와서 인력사무실에 나가는 큰오빠는 공치는 날이면 동료들과 함께 여동생 집에 와서 술판을 벌이는가 하면 겨우 전세 면하고 나니까 언니는 큰오빠에게 아파트를 사 주라고까지 했다. 그 과정에서 언니는 출가한 동생에게 손찌검까지 했다. 애초부터 의도한 바는 아니었지만 아내에게는 평생 잊지 못하는 상처였다. 나에게도 자존심 상처였다. 몇 년 후에 그 사실을 알았기에 망정이지 만일 당시에 알았다면 나는 아내와 헤어졌을 것이다. 물론 아내에게는 아무런 잘못이 없다. 그러나 언니의 행동은 나를 무시한 처사가 분명하다. 그를 뼈아프게 반성하게 하는 방법은 그 길 밖에 없는 것이다. 어쩌면 동생의 불행에 대리 만족할지도 모르지만.

몇 년 후에 그 사실을 알았기에 망정이지 만일 당시에 알았다면
나는 아내와 헤어졌을 것이다. 물론 아내에게는 아무런 잘못이 없다.
그러나 언니의 행동은 나를 무시한 처사가 분명하다.
그를 뼈 아프게 반성하게 하는 방법은 그 길 밖에 없는 것이다.
어쩌면 동생의 불행에 대리 만족할지도 모르지만.

그런가 하면 아내는 어디에서 살고 있는 것조차 알지 못했던 둘째 오빠의 장례식까지 떠안아야 했다. 무연고자로 시청에서 가매장한 오빠의 시신을 인건비 18만원이 없어서 찾아오지 못한다는 것이었다. 이 소식을 막내오빠가 전해 왔다.

당시 막내오빠는 대농 본사에 경비원으로 근무했고 올케는 복덕방을 하고 있었다. 그런데도 시신을 찾아오지 못한다는 것이었다. 아내는 급히 달려갔다. 다른 일도 아니고 오빠의 시신을 찾는 일인데 망설일 수도, 지체할 수도 없었다. 막내 오빠는 지휘만 했다.

결국 말로 때웠다는 이야긴데 공동묘지에 매장하는 것도 아니고 그 상황에서 공원묘지로 갔다. 물론 아내가 모든 경비를 떠안았다. 뿐만 아니라 우리가 손바닥만한 텃밭을 장만할 때 큰오빠가 팔아먹은 땅을 막내오빠 자기의 이름으로 사자고 했다. 외지인의 거래는 불법이기 때문에 나중에 명의 이전을 해 준다는 것이었다. 세상에 어디 사기칠 상대가 없어서 어린 동생의 등을 치려는 것인지 진정으로 나중에 돌려준다는 것인지 그 속을 알 수가 없는 일이었다.

1985년 45만 원이면 세울 수 있는 부모님 묘석을 3백5십만 원에 한

다고 돈을 내라고도 했다. 그런가 하면 누나의 교통사고 보상금 1억원을 3천만 원 밖에 받지 못했다고 했고, 천만 원 상속분 중에서 교통비와 보험사 쫓아다닌 인건비 빼고 7백만 원 밖에 주지 않았다. 그마저도 아까워서 누나의 묘석도 아닌 비석을 세우자고 제안을 하기도 했다. 묘석과 비석의 다른 점을 알고 하는 말인지 모르고 하는 말인지 사실 그 속을 알 까닭이 없었다.

아내의 늘 하는 소원은 죽은 후에 부모님 무덤 곁에 뼛가루를 뿌려주는 일이었다. 그러나 이제는 아니다. 지금 살고 있는 저기 목련나무 아래에다 뿌려달라는 것이다. 사람의 죽음이란 예측도 단언도 할 수 없는 일이지만 내가 아내보다 나중에 죽어야 하는 이유다. 또 하나 이유는 앞을 제대로 못 보는 동생에게 어떤 협잡을 할지 모르기 때문이다.

아내는 이제 고향도 잃었고 혈육도 모두 잃었다. 이쯤되면 과연 혈육일까? 원수일까?

동굴 향수의 유전자

사람도 열목어나 연어와 같이 회귀성 본능을 가지고 있는지도 모르겠다. 도회지로 몰렸던 사람들이 귀농이다 귀촌이다 하며 전원으로 돌아오는가 하면 '나는 자연인이다' 하고 아예 산 속으로 들어가는 사람도 있다. 이런 경우 자연인이라기보다 자유인이라는 말이 더욱 적절할 것 같다.

작살로 물고기를 잡고, 활을 만들어서 산짐승을 잡으라는 게 아니라 가스렌지에다 라면을 끓이고 삼겹살을 굽는 게 웬지 부자연스럽다는 말이다.

벽은 돌이나 황토 흙으로 싸바른 게 그럴 듯한데 지붕은 함석 판넬보다는 억새풀이나 굴피나무 껍질이면 더욱 좋을 법했다.

나는 풍수에 관한 책에서 '암혈장'에 대한 이야기를 읽은 적이 있다. 자기 명을 다했던지 아니면 건강할 때 정리(병들어 쓰러지면 죽으려 해도 죽을 수가 없기 때문에)하려는 것인지 모르지만 아무도 찾을 수 없는 동굴이나 바위 틈에다 자신의 시신을 매장한다는 것이다. 세상 사람들은 그것도 모르고 고목 아래에서 또는 절벽 밑에서 도를 닦던 사람이 소식도 없이 사라지면 그것을 신선이 되어 하늘로 올라갔

207

다고 한단다. 바로 내가 여기에서 말하려는 것은 동굴에 대한 향수의 유전자가 작용한 것이란 사실이다.

인간은 본래 동굴 속에서 살지 않았는가. 그러다가 호기심이었든 당위성이었든 밖으로 나왔다. 막상 밖으로 나오고 보니 거기에도 온 천지가 돌이었다. 돌을 떠나서 살 수 없는 사실을 알았고 돌 사이에 난 잡초들을 뜯어 먹어 보니 맛이 있었다. 그러나 양이 적었다. 돌들을 하나, 둘 치우고 나니 풀의 양이 많아졌다. 바로 경작의 시작인데 돌들이 걸리적거렸다. 그것을 치우다 보니 밭뚝이 생겼다. 집 터(선사 시대 움집 또는 막집)도 마찬가지였다. 돌을 치우다 보니 울타리가 생겼다. 그냥 던져 놓는 것보다는 조금이라도 터를 넓게 쓰려고 높게 쌓다 보니 담장이 생겼다. 비록 사진을 통해서 보는 것이지만 세계문화 유산을 보면 어마어마하고 찬란한 돌의 문명이다. 신전이 그렇고 사원이 그렇다. 절벽 한 중간에 벌집처럼 구멍을 낸 것은 또 무엇인가. 왜 하필이면 돌이냐? 그 시대에는 엄청나게 크고 좋은 목재도 많았을 것이다. 오늘날 보르네오나 아마존 강가의 밀림을 보면 그 답이 되리라 믿는다. 그럼에도 그 시대 사람들은 가공이 힘들고 다루기 힘든 돌

세계문화유산을 보면 어마어마하고 찬란한 돌의 문명이다.
신전이 그렇고 사원이 그렇다.
절벽 한 중간에 벌집처럼 구멍을 낸 것은 또 무엇인가.
왜 하필이면 돌이냐? 그 시대에는 엄청나게 크고 좋은 목재도 많았을 것이다.
오늘날 보르네오나 아마존 강가의 밀림을 보면 그 답이 되리라 믿는다.

을 택했다. 그 수명과 견고성을 고려하기도 했겠지만 돌에 대한 향수의 유전자 때문이라고 믿고 싶다. 동굴 속의 벽화와 조각들이 신전이나 사원의 예술로 나타난 것도 말할 필요가 없으리라.

헌데 명확하지 않은 논란이 한 가지 걸음을 멈추게 한다. 그 무겁고 많은 돌들을 어디서 어떻게 운반해 왔느냐 하는 문제다. 어려운 고고학이나 물리학으로 풀려고 하지 말고 간단한 상식으로 풀어보면 어떨까?

물론 산이 먼 곳에 있는 신전이나 사원은 그렇다 치고 몇 천미터나 되는 산꼭대기나 절벽 위에 지은 축조물들은 하나도 문제될 게 없다. 자급자족했다는 말이다. 그 바닥에서 나는 돌로 충분히 사원과 신전들을 지었다는 말이다. 마추픽추 저 뒤편에 우뚝 솟은 바위산이 있다. 마추픽추 자리에 산이 하나 있던 자리다.

오늘날 돌산, 즉 채석장들을 한 번 보자. 수십 년 캐 먹고도 작은 산 하나를 깎아 먹지 못하지 않는가. 옛날과 같이 일일이 수작업도 아니요, 첨단기계에다 디엔티까지 써 가면서 말이다. 반복되는 말이지만 결론은 바닥에서 나는 돌로 충분했고 한 발짝 더 나가서 가공 중에 생긴 폐석들로 콜로세움이나 작은 성들을 만들었다는 사실이다. 말하자면 폐석 처리의 보너스인 것이다. 아니라고 하는 사람들을 위해서 한 가지 더 예를 보자.

오늘날 관광지나 자연인들이 산다는 산골짜기에 돌탑이 몇 개씩 들어서 있다. 어디에서 주워다 쌓은 것이 아니라 바닥에 있는 돌들을 그대로 쌓은 것이다.

내 말을 학문적 정설로 믿으라는 건 아니다. 그러나 학문은 호기심에서부터 시작되는 것이며 노아의 방주 사건을 그대로 믿는 목사가 있는가 하면 어떤 상징성이라고 말하는 목사도 있다.

공상이 현실로 온 예는 많다. 돌집을 짓다 보면 사원이나 신전의 건축도 이해가 간다. 인간은 필요하면 만들게 되어 있다. 택시가 날아다닐 수 없나를 생각했더니 드론이란 게 생겼다.

북한의 땅굴과 남한의 지하철이 모두가 동굴에 대한 향수가 아닌지. 동굴이 안식처가 되는 건 좋지만 피난처가 되어서는 안 되지 않을까……. 옛날 서원의 정원에는 반드시 돌이 있다. 돌은 인간의 마음을 편안하게 해 준다.

| 마무리 |

  글을 쓰도록 늘 관심을 보여주신 김은영 의사 선생님께 출판의 보람과 보답을 드리며 무엇보다도 내 아내의 건강을 보살펴 주심에 무릎을 꿇어 절을 올린다.

  바쁜 중에도 싫은 내색 없이 참고 자료를 뽑아주신 임은정 선생님께도 무거운 감사를 드리며 죽는 날까지 일하다 죽겠다는 딸과의 약속을 지킬 수 있도록 요양보호사로 채용해 주신 진달래요양원 민경혜 원장님께도 감사를 드린다.

  목련 피는 마당에서 삼겹살이라도 굽고 싶지만 오히려 폐가 될까 해서 말로만 생색을 낸다.

  언제나처럼 펜을 놓고 나니 허무가 밀려 온다. 일이 없다는 건 다 살았다는 이야기가 아닌가.

  혼자 술 한 잔 마시고 싶다.

  모두가 나를 버린 심정이다.

  외롭다.

2020년 3월

가던 길 세우고 구름에 쓴 편지

지은이 / 조춘성
펴낸이 / 김정희
펴낸곳 / 지구문학

03140, 서울시 종로구 종로17길 12, 215호(뉴파고다 빌딩)
전화 / (02)764-9679
팩스 / (02)764-7082

등록 / 제1-A2301호(1998. 3. 19)

초판발행일 / 2020년 4월 30일

값 15,000원

E-mail/jigumunhak@hanmail.net

ISBN 979-11-965316-2-1 03810